Dans l'univers détective fantôme :

Nouvelles
A chacun son dû
Amies perdues
Affaires de famille
Terrain d'entente
Jusqu'à ce que la mort

Recueils
Affaires en suspens

Affaires en suspens de R.W. Wallace

A chacun son dû © Tous droits réservés – R.W. Wallace – 2022
Amies Perdues © Tous droits réservés – R.W. Wallace – 2022
Affaires de famille © Tous droits réservés – R.W. Wallace – 2022
Terrain d'entente © Tous droits réservés – R.W. Wallace – 2022
Jusqu'à ce que la mort © Tous droits réservés – R.W. Wallace – 2022

Dépôt légal janvier 2022

Couverture par R.W. Wallace
Traduit de l'anglais par Yvon Mathieu et Diego Mathieu
Illustration couverture 10926765 © germanjames | 123rf.com
Illustration couverture 338766372 © zwiebackesser | Adobe Stock
Illustration couverture 263199440 © Nouman | Adobe Stock

Les personnages et les situations de ce récit étant purement fictifs, toute ressemblance avec des personnes ou des situations existantes ou ayant existé ne saurait être que fortuite.

Tous droits de reproduction, d'adaptation et de traduction, intégrale ou partielle réservés pour tous pays. L'auteur ou l'éditeur est seul propriétaire des droits et responsable du contenu de ce livre. Le Code de la propriété intellectuelle interdit les copies ou reproductions destinées à une utilisation collective. Toute représentation ou reproduction intégrale ou partielle faite par quelque procédé que ce soit, sans le consentement de l'auteur ou de ses ayant droit ou ayant cause, est illicite et constitue une contrefaçon, aux termes des articles L.335-2 et suivants du Code de la propriété intellectuelle.

www.rwwallace.com

ISBN format broché: [979-10-95707-97-4]
ISBN format électronique: [979-10-95707-98-1]
Prix: 9,99€

R.W. WALLACE

Auteur de *Beyond the Grave*

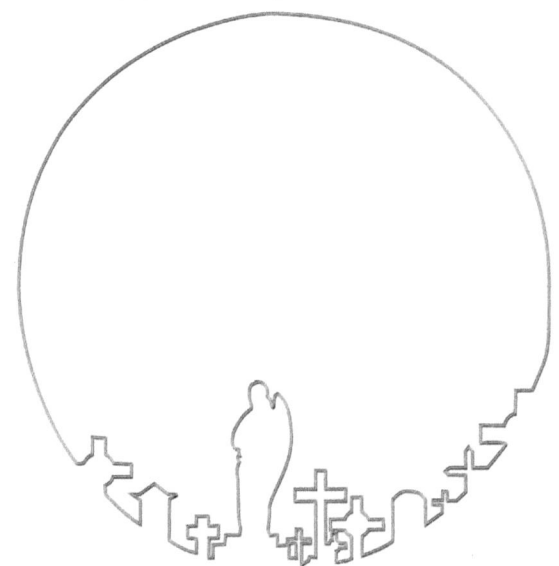

AFFAIRES EN SUSPENS

Un recueil de nouvelles détective fantôme

TOME 1

Traduit de l'anglais par
Yvon Mathieu et Diego Mathieu

TABLE DES MATIÈRES

Introduction ... 1
A chacun son dû ... 3
Amies perdues ... 39
Affaires de famille ... 67
Terrain d'entente ... 97
Jusqu'à ce que la mort ... 131
Un mot de l'auteur ... 166
Par le même auteur ... 167
Au sujet de l'auteur ... 168

INTRODUCTION

En septembre 2018, je me suis inscrite à un défi de nouvelles. Écrire trente nouvelles en soixante jours. Oui, ça en fait beaucoup, surtout quand on a écrit environ cinq nouvelles dans sa vie... Mais je me suis dit que j'allais tenter le coup, et même un "échec" me permettrait d'avoir des histoires à mon nom.

Je n'ai pas terminé les trente histoires. Si je me souviens bien, j'en ai fait quinze. Et quelque part au milieu, Clothilde et Robert sont nés. J'ai commencé à raconter la vie de ces deux fantômes, coincés dans leur cimetière dans la campagne française, enquêtant sur des crimes et aidant d'autres fantômes à passer dans l'au-delà.

J'ai adoré ces personnages et leur passé mystérieux. Alors j'en ai écrit une autre, et une autre. Oh ! Une série !

Je n'étais pas la seule à les aimer. Dean Wesley Smith, la personne qui a lancé le défi, voulait les publier dans le magazine *Pulphouse Fiction Magazine*, dont il est l'éditeur.

Ce n'est peut-être pas évident, mais avoir quelqu'un qui aime les histoires que vous écrivez peut mettre une sacrée pression. Est-ce que la prochaine sera aussi bien ? Et s'il n'aime pas les autres ?

Bref, il les a toutes aimées.

A chacun son dû, ou *Just Desserts* en V.O., était publié dans le numéro 9 de Pulphouse en mai 2020. Depuis, une histoire détective fantôme est parue dans chaque numéro de Pulphouse.

En creusant dans le passé de Robert et Clothilde, je me suis également retrouvée à écrire une série de romans. Ils ne sont pas encore traduits en français, mais les trois premiers tomes sont disponibles en anglais.

Sur ce, je vous laisse dans l'excellente compagnie de Clothilde et Robert.

R. W. Wallace
www.rwwallace.com

A CHACUN SON DÛ

Une nouvelle détective fantôme

Volume 1

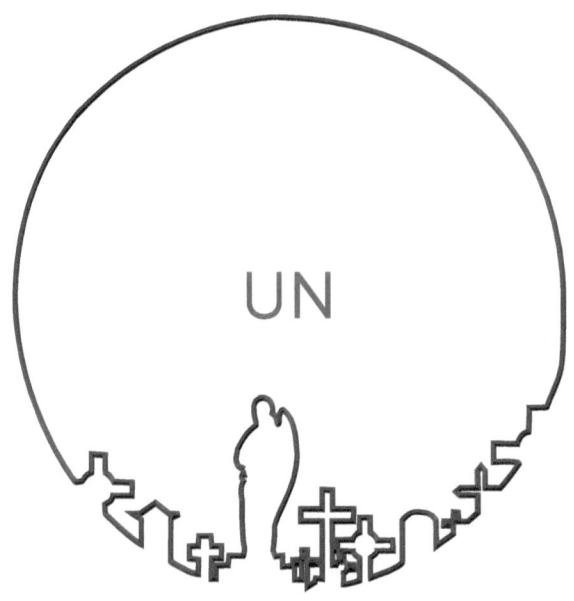

UN

Nous entendons les cris dès que le cortège sort de l'église.

— Je pense que celui-là va être pour toi, Robert, dit Clothilde.

Elle est assise sur sa pierre tombale, la dalle de pierre la plus simple de tout le cimetière, avec uniquement son prénom et une date de décès. Pas de date de naissance, pas de nom de famille, pas d'épitaphe ou de dessins d'anges.

Clothilde est l'un des plus grands mystères de cet endroit, mais elle ne me laissera pas enquêter. Chaque tentative que j'ai faite pour lui poser des questions sur sa vie a été repoussée, parfois gentiment, parfois moins. Elle est morte depuis trente ans, mais elle sera toujours une adolescente dans l'âme.

Aujourd'hui, elle porte un jean taille haute qui s'arrête juste au-dessus des chevilles et un chemisier blanc qui aurait montré les bretelles de son soutien-gorge si elle en avait porté un. Ses pieds balancent, dans une paire de Converse, usées aux talons et dont le lacet droit est arraché. Impossible d'en dire la couleur : les morts ne portent que des nuances de gris.

Nous n'avons pas eu beaucoup de nouvelles arrivées ces derniers temps. Les seules personnes qui sont mortes sont de vieilles dames qui n'ont aucune raison de s'attarder après les funérailles. Lorsque vous savez depuis des années que votre temps est presque écoulé, vous mettez de l'ordre dans votre foutoir et vous vous assurez qu'aucun détail ne cloche.

Seuls ceux pris par surprise, se retrouvent à errer.

C'est bien évidemment une bonne chose quand quelqu'un va directement dans l'au-delà. Aucun de nous ne souhaite la souffrance d'un autre être humain, ou d'un fantôme humain dans ce cas, mais cela devient parfois un peu ennuyeux. Il y a peu à faire pour occuper son temps lorsque vous êtes bloqués dans les limites de votre cimetière. De plus, étant en plein hiver, le nombre de visiteurs est à son minimum.

Aujourd'hui, cependant, nous avons une nouvelle arrivée.

Ce n'est pas facile d'être confronté à la mort quand on ne s'y attend pas, qu'on ne l'a pas vue venir. Le moins que l'on puisse dire, c'est que c'est un choc.

Personnellement, j'ai frappé sur mon cercueil pendant une semaine avant de réaliser que mes poings n'avaient aucun effet sur le bois robuste. Ils ne faisaient pas non plus de bruit. Ma voix ne résonnait pas comme elle aurait dû.

Ce n'est que lorsque je me suis calmé, si je peux le dire ainsi, que j'ai regardé autour de moi, dans le petit espace que j'occupais. Et j'ai alors réalisé que j'étais allongé à côté de mon propre cadavre. J'étais disposé sur des draps blancs, revêtu de mon deuxième plus beau costume — le premier aurait été plein de trous correspondant à ceux sur mon corps —, mes mains jointes sur mon ventre et mon expression détendue comme je ne l'ai jamais vue avant.

Je ne suis pas des plus perspicaces. Il m'a donc fallu un autre jour pour accepter le fait que j'étais mort et que j'étais apparemment devenu un fantôme.

C'est alors que le cercueil m'a libéré. Depuis ce jour, ce cimetière est ma maison.

Alors que le cortège funèbre avance sur le chemin venant de l'église, Clothilde se joint à moi. Nous attendons toujours les nouveaux arrivants devant la fosse qui sera l'endroit de leur dernier repos. Nous aurions pu écouter à la porte de l'église et suivre la procession mais, à chaque fois qu'un fantôme touche un humain, il peut y avoir une forme d'interaction et nous ne voulons pas effrayer les endeuillés qui sont déjà assez malheureux comme ça. Nous observons donc les funérailles dans le dos du prêtre, dans les arbres, du haut des tombes ; nous regardons le cercueil descendre dans la fosse et nous nous installons en attendant de voir si une nouvelle personne nous rejoindra.

Il n'y a vraiment aucun doute : celle-ci est une candidate.

Les hurlements sont si forts qu'il nous serait presque impossible de nous entendre parler. La volée de coups sur le cercueil est puissante, affolée et inlassable. Je ne peux distinguer aucun mot, seulement une panique pure et dure.

Je veux aller la calmer, lui dire que ça va aller.

Mais tant qu'elle n'est pas libérée du cercueil, je ne peux rien faire. Elle ne m'entendra pas.

Et ça ne va pas aller.

Elle est morte et elle n'était pas prête.

Beaucoup de gens l'accompagnent vers sa tombe. J'évalue la foule à près d'une centaine de personnes, ce qui, pour un village comme celui-ci, est plutôt impressionnant.

En tête, il y a un couple dans la quarantaine que je vais supposer être ses parents. Un couple de grands-parents. Deux garçons qui pourraient être ses frères. Derrière eux, un groupe que je vais qualifier de famille. Il y a une grande majorité de blonds avec des mâchoires fortes et des épaules larges. Ceux à la peau ou aux cheveux plus foncés sont sans doute les pièces rapportées.

Un peu sur le côté, une masse de jeunes, probablement au début de la vingtaine et environ quatre-vingts pour cent de femmes. Les amis.

Certains pleurent, certains semblent ne pas comprendre ce qui se passe. C'est sûrement la première fois qu'ils enterrent quelqu'un qui n'est pas un grand-parent. Un gars à l'arrière se penche vers le mec à côté de lui pour lui dire quelque chose. Il reçoit en retour un regard extrêmement sévère et accusateur. C'est pas le moment pour une blague, mon bonhomme.

Je n'écoute pas les mots du prêtre. Ils cherchent à apaiser la famille et les amis et ils ne me donneront aucune information intéressante.

J'étudie plutôt les personnes en deuil.

Plus de la moitié des meurtres sont commis par un membre de la famille. Ajoutez le grand groupe d'amis, et la probabilité que le meurtrier soit en vue est sacrément élevée.

A en juger par les cris qui montent du cercueil, la probabilité qu'elle ait été victime d'un meurtre est aussi sacrément élevée.

Je me faufile pour écouter une conversation chuchotée du côté familial du groupe. Je présume qu'il s'agit des cousins. Une femme blonde d'une vingtaine d'années parle à l'oreille d'une autre encore plus blonde.

— Je ne peux pas croire que sa mère ait gardé caché le fait qu'elle s'est suicidée, murmure-t-elle. Je veux dire... son image est-elle si importante qu'elle ne puisse pas admettre que sa fille se suicide ?

Je regarde en direction du cercueil avec un froncement de sourcils. Suicide ?

— Ce n'est pas seulement une question d'image, susurre la seconde femme. Julie a toujours été très impliquée dans l'Eglise. S'il s'agit d'un suicide, c'est un peu plus compliqué de s'assurer que sa fille soit enterrée dans un cimetière.

J'imagine que la mère souhaite également éviter un certain nombre de conversations inconfortables avec ses amis de l'église.

Mais un fantôme pourrait-il être aussi paniqué après s'être réveillé de son propre suicide ? La situation ne devrait-elle pas être un brin plus attendue ?

Les gens qui sont conscients qu'ils sont en danger de mort n'ont généralement pas besoin de beaucoup de temps pour accepter ce qui s'est passé et passer dans l'au-delà. Il y a quelques années, nous avons eu un soldat tué en Afghanistan. Il n'a erré que le temps de dire au revoir à sa copine, puis il a disparu dans une bouffée de fumée.

— Eh bien, dit la première, heureusement que tomber d'un pont sans témoin n'est pas automatiquement considéré comme un suicide. Donc, nous en sommes là.

J'avance en écoutant les gens dire qu'ils ne comprennent pas comment c'est possible, le service était magnifique, la maman avait fait un excellent choix pour le cercueil. Le match de football commence dans une heure et demie ; pourront-ils le regarder ?

Cette dernière réflexion vient du gars qui a fait le commentaire ou la blague inappropriée plus tôt et elle lui vaut le même regard de son voisin.

— Sérieux, Joss, je sais que c'est pas ton truc, mais tu peux au moins te la fermer ?

Joss le blagueur se la ferme, serrant les lèvres comme s'il souhaitait pouvoir les coller l'une à l'autre. En dépit du froid, une goutte de sueur perle à son front, coule devant son oreille et se perd sous sa chemise.

S'il est bavard, je suppose que nous le reverrons. Peut-être pour une confession ?

Alors que le cercueil est descendu dans la fosse, je me tiens à côté du gars que je suppose être le mari ou le petit ami. Il fait partie du groupe d'amis mais se tient également juste à côté des parents. Ses yeux sont rouges et un sanglot s'échappe à chaque expiration. Ses bras pendent mollement à ses flancs, se tordant de temps en temps.

Il semble vraiment bouleversé.

Au moins, il n'a pas à entendre les cris.

DEUX

Elle hurle toujours quand son ami blagueur à l'humour inapproprié arrive deux jours plus tard.

Je rends visite à Clothilde comme je le fais habituellement quand je suis à l'affût de visiteurs. Aucun de nous ne comprend comment elle a réussi à s'offrir une place dans ce cimetière alors qu'elle n'a pas de nom, pas de famille, pas de visiteurs, mais au moins, on peut dire qu'il y a une certaine logique à ce qu'elle soit à l'endroit le moins populaire, juste à côté de la poubelle, près de la sortie.

L'entrée principale se trouve de l'autre côté, près de l'église, mais ce n'est pas par là que passent les visiteurs intéressants.

— Alors, combien de temps penses-tu qu'elle va continuer comme ça ? demande Clothilde alors qu'elle fainéante sur le sol, juste au-dessus de l'endroit où se trouve son cercueil, deux mètres plus bas. Sa tête appuyée sur ses mains et ses jambes croisées, elle regarde rêveusement les deux ou trois nuages se promenant dans un ciel d'hiver tout bleu.

— Je sais pas. On ne peut pas y faire grand-chose. Elle va juste devoir se défouler jusqu'à avoir fait le vide.

Je suis assis le dos contre sa pierre tombale, les bras autour de mes genoux pliés et mon menton posé sur les genoux. Je mettrais les mains sur mes oreilles si je pensais que cela servirait à quelque chose. Même si ça arrive régulièrement, ça nous tape toujours sur les nerfs d'entendre quelqu'un crier en panique pendant plusieurs jours d'affilée après s'être réveillé dans un cercueil.

Clothilde grogne et souffle sur une mouche qui vole autour de son nez. La mouche s'écarte de sa trajectoire.

— On ne peut pas tous être comme toi, dis-je. Accepter sa mort n'est pas chose facile.

— Ça l'est si tu étais pour ainsi dire mort de ton vivant.

Clothilde a tendance à faire des commentaires énigmatiques et inquiétants comme celui-ci. Il ne sert à rien de lui demander de développer ; elle ne fera que grogner. Mais je prends note de tout. Un jour, peut-être, je comprendrai d'où elle vient.

Les charnières rouillées de la grille métallique grincent et le blagueur entre dans le cimetière. Il a l'air plus à l'aise dans un jean et une veste en cuir épaisse qu'il ne l'était dans son costume il y a deux jours, mais il a des cernes sous les yeux et ses cheveux ont l'air de n'avoir vu ni shampooing, ni peigne depuis l'enterrement. Il regarde de part et d'autre, s'assure qu'il est seul — vingt-deux heures trente, un mercredi : évidemment qu'il l'est — avant de marcher droit à la nouvelle tombe.

— Je vais écouter, dis-je en me levant. Tu viens ?

Clothilde soupire. Elle se met en position verticale avec plus de grâce qu'une danseuse.

— Pourquoi pas. Ça me changera des hurlements. Peut-être.

Le blagueur se tient à la limite entre l'herbe de l'allée et la terre de la tombe, les yeux pleins de larmes fixés sur la croix de bois sur laquelle est écrit au crayon : Florence Bernard. Au moment où je le rejoins, il tombe à genoux dans la terre et l'air est expulsé de ses poumons dans un *whoosh*.

Il se penche en avant et pousse ses mains dans la terre noire. Sa position me fait penser à la prière des Musulmans. Mais il ne parle pas à une divinité. Il s'adresse à la fille qui hurle encore et n'a toujours pas accepté son sort.

— Je suis vraiment désolé, sanglote-t-il. Tout est de ma faute ; je suis tellement, tellement désolé.

Ah ! Une confession.

Même si je n'ai pas la satisfaction d'avoir œuvré pour trouver le coupable, au moins je pourrai en parler à la fille quand elle sortira du cercueil. Ça suffira peut-être pour lui permettre de passer immédiatement à l'étape suivante.

— Je leur ai dit, Flo, continue le jeune homme, son visage à quelques millimètres de la terre. Je leur ai dit qui l'a fait, mais ils ne m'ont pas cru. Je l'ai dit à deux policiers différents et ils m'ont envoyé bouler. J'ai même pas fait de blagues !

Il sanglote pendant quelques minutes. Ses mains commencent à trembler, probablement à cause du froid mordant, mais il les laisse dans la terre.

— C'est pour ça que je fais toujours des blagues, Flo. Personne ne me prend jamais au sérieux, alors autant donner l'impression que c'est fait exprès. Tu étais la seule à m'avoir vraiment écouté. Et maintenant, tu es morte à cause de ce salaud !

Un poing rageur frappe plusieurs fois le sol et des râles s'échappent alors qu'il essaie de sangloter et de respirer en même temps.

D'accord, il n'est peut-être pas le tueur. Mais ce me serait vraiment utile s'il pouvait me donner un nom. C'est dans de tels moments qu'être un fantôme est vraiment un handicap ; mes suspects ne peuvent entendre mes questions.

— Tout le monde peut voir à quel point il l'aimait !

Il cite quelqu'un, ses doigts sales s'agitent dans l'air pour faire des guillemets.

— Il n'aurait jamais levé la main dessus. Tu ne vois pas à quel point il est bouleversé ? Bien sûr qu'il est bouleversé ; il t'a tuée, bordel ! Il n'a plus sa poule aux œufs d'or !

Il s'assied et passe sa main dans ses cheveux. Je grimace de dégoût et j'espère qu'il a prévu de bientôt prendre une douche.

J'aimerais aussi qu'il me donne un *nom*.

L'homme se calme. Il tapote la terre pour l'égaliser, comme si avoir un tas de terre parfaitement lisse était la plus grande préoccupation de Flo en ce moment.

— Tu n'aurais pas dû le faire, dit-il d'une voix si basse que je peux à peine l'entendre au milieu des cris de son amie. Nous étions *bien* en tant que simples amis. Ça fonctionnait vraiment bien. Tu avais ton fiancé plein de réussite, le bon job, la belle villa avec piscine à venir. Tout ce que toi et ton père aviez planifié.

Il s'assied sur ses talons.

— Tu n'aurais pas dû tout bazarder, Flo. J'aurais préféré t'avoir pour amie plutôt que de ne pas t'avoir du tout.

D'accord. On va placer le fiancé en haut de la liste des suspects.

L'ami, — l'amant ? — reste plus d'une heure à pleurer silencieusement sur la tombe.

Les cris, en bas, continuent.

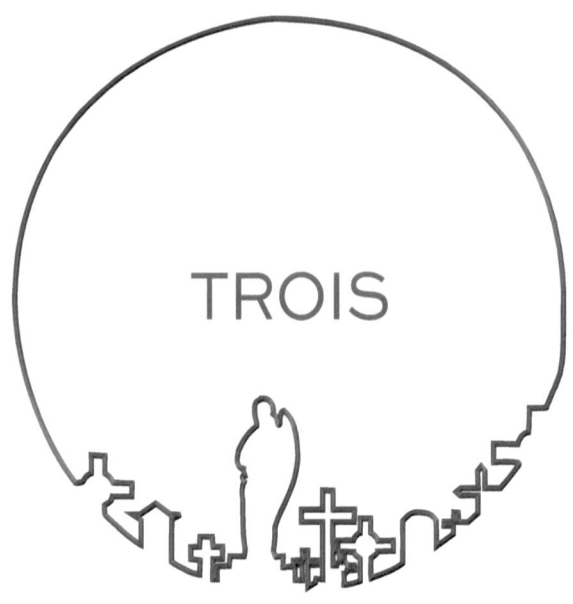

TROIS

Il lui faut huit jours pour accepter son sort. Je dirais qu'elle est lente, mais en réalité, je n'étais pas mieux.

Lorsque les cris s'arrêtent le huitième jour, je m'installe sur sa tombe, juste en face de la croix de bois, en attendant qu'elle montre son visage. Je me méfie un peu de ce que je vais voir.

J'ai découvert pas mal d'horreurs depuis mon arrivée dans ce cimetière, sans parler de celles que j'ai vues de mon vivant, mais cela m'affecte toujours. Si elle est morte dans l'eau, la question est de savoir combien de temps il a fallu pour la retrouver. Certains fantômes conservent la forme qu'ils avaient avant de mourir. Quelques-uns — ceux qui ont perdu la tête — ont la chance de prendre une forme plus juvénile, car c'est tout ce dont ils peuvent se souvenir.

Et certains, ceux qui restent morts trop longtemps avant de devenir des fantômes, se promènent avec des corps coupés, gonflés ou mutilés, rappelant à tous leur disparition violente.

Florence, heureusement, a conservé le corps d'avant son aventure dans la rivière.

Au coucher du soleil, sa tête traverse le monticule de terre en premier, suivie de deux mains. Elle lève ses bras au-dessus de sa tête, puis les laisse retomber, observant avec plaisir qu'ils ne sont pas salis par la terre.

Elle sursaute lorsqu'elle me voit assis par terre sur le sol devant elle, mais ne semble pas me considérer comme une menace.

— Je suis un fantôme, dit-elle.

C'est un mélange de question et de défi me permettant de décider si je veux répondre ou avoir peur.

Je réponds :

— Je sais. Moi aussi.

Elle m'étudie de plus près, perçoit le manque de couleur, la légère transparence qui est plus évidente dans la journée, mon sens de la mode dépassé. Elle hoche la tête.

Elle agite à nouveau ses mains dans la terre.

— Comment ça se fait que vous soyez assis sur le sol alors que je suis coincée dedans ? Sur quoi je m'appuie ? Sur le cercueil ?

Sa voix se brise sur ce dernier mot.

Je me lève et lui tends la main.

— Vous êtes probablement sur le cercueil, oui. Vous pouvez sortir par vous-même, si vous le souhaitez, mais je suis plus qu'heureux de vous aider.

Elle regarde ma main, essayant de décider si elle peut me faire confiance.

— C'est à vous de décider si vous voulez que les choses aient de la consistance ou pas. Si vous voulez qu'il y ait des marches dans la terre pour vous aider à en sortir, il y en aura. Vous pigerez le truc assez rapidement.

Un froncement de sourcils apparaissant sur son trop jeune front, elle étudie la terre comme si elle l'avait personnellement offensée. Puis elle fait un pas en avant vers le haut, comme si elle montait un escalier.

Elle comprend vite, celle-ci.

Elle se tient devant moi, regardant autour de nous, notre cimetière. Je me souviens à peine de ce que j'ai pensé la première fois que je l'ai vu. Maintenant, c'est juste ma maison, avec les hauts murs de pierre qui nous coupent du monde vivant, la petite église de pierre avec ses sept cloches et les six cent soixante-dix-sept tombes. Certaines sont des mausolées avec des images, des statues d'anges et des bancs pour les visiteurs, d'autres sont de simples pierres tombales avec seulement un nom.

Elle tourne son regard acéré vers moi.

— Maintenant, on fait quoi ?

Je me racle la gorge et redresse mon dos. Personne ne m'a assigné ce travail, personne ne m'a demandé de le faire. J'ai décidé de le faire parce que je le voulais.

Parce que je pense que c'est mon devoir.

J'aide les nouveaux arrivants à s'installer, à comprendre comment les choses fonctionnent. Je les aide à trouver la solution au problème qu'ils doivent résoudre pour passer dans l'au-delà.

Pour moi-même, je ne suis pas certain que je trouverai la solution un jour.

— La raison pour laquelle vous êtes ici en tant que fantôme, c'est que vous avez des affaires en suspens. Une fois que c'est fait, vous pouvez passer de l'autre côté.

— L'autre côté de quoi ?

— Ça, je ne sais pas dire. J'ai peur de ne pas être arrivé jusque-là. D'où ma présence ici. Néanmoins, je pars du principe que c'est un meilleur endroit. C'est notre but.

Elle se mordille la lèvre tout en digérant mes paroles. Un grain de saleté qui était resté sur son épaule tombe sur le sol à travers son corps. Elle a probablement oublié qu'elle est censée être couverte de terre après être sortie de sa tombe.

— Quel genre d'affaires en suspens ?

Je me racle la gorge, bien que ça ne soit plus nécessaire depuis trente bonnes années.

— Il semble que vous ayez été assassinée. Je suppose qu'on cherche le tueur.

Elle ne semble pas surprise d'apprendre qu'elle a été assassinée.

— On ? demande-t-elle.

Je lui adresse un sourire.

— Comme vous pouvez le constater, il n'y a pas grand-chose à faire ici ; je serais ravi de vous aider.

Elle hoche la tête.

— Alors, on va faire quoi ? Vous allez hanter les lieux ?

— Ah, j'ai peur que nous soyons très limités quand il s'agit de hanter. On ne peut pas quitter le cimetière. On ne peut donc hanter que ceux qui daignent nous rendre visite.

Je vois qu'elle est sur le point de s'emporter.

— Je ne m'inquièterais pas trop à votre place, Mademoiselle. Vous n'êtes dans le sol que depuis huit jours et un seul homme est venu vous voir. Il y en aura d'autres, mais peut-être pas avant la mise en place de la pierre tombale. Les gens semblent préférer visiter une tombe propre plutôt qu'un tas de terre. Ne me demandez pas pourquoi.

— Qui est venu ? demande-t-elle, une première esquisse de vulnérabilité apparaissant. C'était Joss ?

— Je crois que c'est son nom, oui.

Je décris l'homme du mieux que je peux.

— J'ai eu le sentiment qu'il était un bon ami.

Ses yeux clairs regardent vers l'église avec envie.

— Plus qu'un ami. Du moins, c'était mon espoir.

— Vous savez qui vous a poussée du haut de ce pont ? Je suppose que vous n'avez pas sauté ?

— Bien sûr que je n'ai pas sauté ! Je cherchais ce que *je* voulais plutôt que ce que mon père avait décidé pour moi. J'allais enfin *vivre*.

Elle prend quelques inspirations profondes — une habitude que la plupart d'entre nous gardent même si ce n'est plus nécessaire — avant de continuer d'une voix plus calme :

— Eh non. Je ne sais pas qui m'a poussée.

— De quoi vous rappelez-vous ?

Elle était seule sur le pont, regardant les eaux sombres en contrebas, comme elle le faisait souvent quand elle avait du temps libre. C'était son lieu préféré et tous ceux qui étaient proches d'elle le savaient. Elle écoutait de la musique, donc elle n'avait entendu personne s'approcher. Beyoncé lui donnait envie de bouger.

Une poussée et l'instant d'après, elle planait face à la mort, voyant l'eau et les rochers venir à sa rencontre.

— Bien, dis-je. Nous ne savons donc pas qui est le tueur. C'est donc probablement tout ce dont vous avez besoin pour passer dans l'au-delà. Trouvons qui vous a tuée et nous aurons terminé.

Elle m'observe, son jeune et joli visage envahi par le scepticisme.

— Quelle importance pour vous ? Pourquoi insister pour me sortir d'ici ? Il n'y a pas assez de place pour trois fantômes ?

Je ris, mais ça sonne creux.

— Vous êtes la bienvenue et vous pouvez rester avec moi aussi longtemps que vous le souhaitez, Florence. J'en serais heureux. Mais croyez-moi ; vous ne voudrez pas rester ici trop longtemps. Cela devient vite *très* ennuyeux. Et plus vous attendez, plus il est difficile de faire ce que vous avez à faire et vous risquez de rester ici pour toujours.

Elle me dévisage, me rend nerveux. Je devine la question dans ses yeux, mais je lui suis reconnaissant de ne pas la poser.

Oui, je pense être ici pour toujours. Et oui, cela me fait peur. Mais m'occuper des autres m'aide à tenir le coup.

Les charnières du portail du cimetière grincent et je pousse un soupir de soulagement quand Florence tend l'oreille.

— On dirait qu'on peut commencer le travail tout de suite, mon ami. C'est mon fiancé.

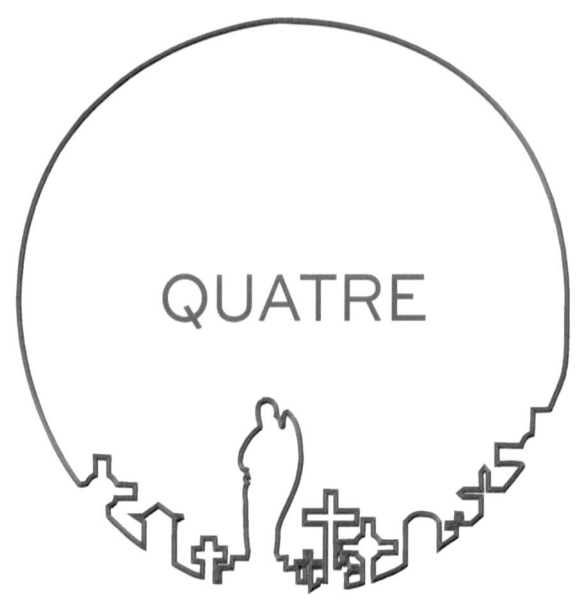

QUATRE

Le jeune homme qui, à l'enterrement, se tenait entre la famille et les amis, ferme le vantail derrière lui, grimaçant au grincement. Les mains fourrées dans les poches de son manteau d'hiver en cuir, il s'approche de la tombe de Flo, le pas hésitant.

— Je suppose qu'il ne peut pas me voir ? demande Flo.

Je secoue négativement la tête.

— M'entendre ? Ressentir ma présence ?

Je penche la tête d'un côté à l'autre.

— Pas comme vous en aviez l'habitude, non. Mais ils ressentent *quelque chose*.

Je fais un signe de la main vers le fiancé.

— Allez-y, expérimentez. C'est nécessaire si on veut une confession de sa part avant qu'il ne quitte les lieux.

Flo se met à côté de son fiancé. Elle penche la tête pour le regarder.

— Salut, Cédric.

— Salut, Flo

Flo saute en l'air et ses grands yeux cherchent les miens.

— Vous aviez dit qu'il ne m'entendrait pas !

Je souris.

— Il ne vous a pas entendue, je vous assure. Il parle à votre tombe, c'est tout.

— Je ne sais pas pourquoi je suis venu ce soir.

Cédric parle à la croix de bois, les mains dans les poches et les épaules relevées pour que le col de la veste couvre ses oreilles. Je ne connais pas l'homme, mais sa voix est plate, sans vie. Flo se dresse devant son fiancé, sans doute pour avoir l'impression qu'il la regarde.

— Qu'est-ce que tu as fait, Cédric ?

J'aime bien cette fille. Elle sait qu'il ne peut pas vraiment l'entendre, mais mon commentaire sur le fait qu'ils ressentent quelque chose la pousse quand même à poser des questions. Le fait est que je pense que cela aide. Ils n'entendent pas nos paroles, mais à un certain niveau de conscience, ils doivent nous capter, car deux fois sur trois, ils changent le cours de leur monologue dans la direction que nous voulons.

Cédric prend une profonde inspiration.

— Je te jure que je ne savais pas comment ça finirait. Tu dois savoir que je ne ferai jamais rien pour te blesser.

— Tu ne savais pas comment ça finirait ?

Flo semble goûter les mots dans sa bouche, les essayant pour voir s'ils ont du sens.

Puis elle se tourne vers moi :

— S'il m'a poussée du pont, il ne l'aurait pas formulé comme ça, si ?

Je déplace mon poids sur la jambe droite et je croise les bras.

— Non, pas vraiment. Mais j'aimerais une preuve plus sûre.

Elle hoche la tête.

— Qu'est-ce que tu as fait, Cédric ? lui demande-t-elle à nouveau.

Il secoue la tête, les yeux noyés de larmes.

— J'étais tellement blessé par ce que tu as fait, Flo. Après tout ce qu'on avait construit ensemble, tous les plans qu'on avait établis, comment t'as pu oublier tout ça… pour Joss ?

Flo lève une main vers la joue de Cédric et sa main passe à travers sa tête.

— Vous devez vous concentrer sur l'espace qu'il occupe, lui dis-je. Attendez-vous à le toucher, et vous le ferez.

Plus ou moins.

Secouée d'un frisson, Flo essaie de nouveau. Cette fois, sa main caresse la joue, mais à juger par les tremblements de sa main, elle est effarée par le manque de sensations dans ses doigts.

— Je suis vraiment désolée de t'avoir blessé, lui dit Flo. Mais on avait plus mis au point un accord commercial qu'une relation amoureuse. Et je n'en pouvais plus.

— Je suppose que je ne devrais pas être surpris, dit Cédric. La passion n'a jamais vraiment été notre truc, n'est-ce pas ? Il lève les yeux vers les étoiles au-dessus de nous. Mais *Joss* ?

Flo pousse un soupir agacé.

— Tu vas devoir surmonter ça, Cédric. Mais je suis désolée de t'avoir utilisé, même si je ne l'ai pas fait consciemment.

Elle le prend dans ses bras, et le fait si bien que pas un seul morceau d'elle ne lui rentre dedans.

Je dirais qu'il la sent. Il se détend visiblement, ses épaules descendent un peu.

— Qu'est-ce que tu as fait, Cédric ?

Flo se sépare de son fiancé et recule pour se mettre à nouveau dans sa ligne de mire.

— Pourquoi t'as fait ça, Flo ? réplique Cédric.

Flo recule d'un pas.

— Pourquoi j'ai fait quoi ?

Une larme coule sur le visage de Cédric et disparaît dans son col.

— Je comprends que ton père était probablement énervé, mais tu es une femme forte. Je veux dire, tu savais qu'il serait mécontent qu'on rompe nos fiançailles. C'était vraiment suffisant pour abandonner ? La raison m'échappe.

Ses épaules s'affaissent et d'autres larmes se libèrent.

Le corps de Flo est figé sur place. Elle tourne la tête juste assez pour me regarder du coin de l'œil.

— De quoi il parle ?

Je me souviens de la conversation entre cousins à l'enterrement.

— Il y a une grande chance que les gens pensent que vous vous êtes suicidée.

— Quoi !

Sa tête fait des va-et-vient. Si un regard pouvait tuer, son fiancé et moi serions déjà morts.

— Je ne ferais jamais ça ! lance-t-elle d'une voix aiguë.

Je m'approche pour qu'elle puisse nous regarder tous les deux sans se donner l'équivalent fantôme d'un torticolis.

— Je pense que c'est l'affaire que vous devez élucider avant de pouvoir partir, lui dis-je. Votre fiancé était le premier de ma liste de suspects, mais d'après ce qu'on voit, je ne crois pas qu'il l'ait fait. A moins qu'il n'ait réussi à se convaincre que vous n'ayez sauté de votre propre chef, après vous avoir poussée ?

Flo secoue la tête :

— Pas son style.

Cédric tombe à genoux. Les larmes coulent librement maintenant. Il baisse la tête et semble devenu muet.

— Étudions la situation objectivement, dis-je. On sait que ce n'est pas le fiancé et ce n'est pas l'amant. Qui d'autre ça pourrait être ? Quel pourrait en être le motif ?

Flo passe la main dans les cheveux de Cédric, frissonne et semble accuser sa main comme si elle était en faute de ne pas lui avoir donné le ressenti habituel.

— Le motif est sûrement l'argent, avoue-t-elle à contrecœur. J'avais l'intention de rompre avec Cédric, mais aussi de quitter l'entreprise familiale. Je lui ai dit qu'il pouvait continuer à travailler avec mon père, mais moi, je ne voulais plus le faire. Je suis — *j'étais* — le visage de notre entreprise. Mon père pensait, à juste titre, qu'avoir une jeune femme aux commandes serait une bonne affaire. Donc, si je n'avais plus été là, ils auraient dû retravailler le business plan.

— Ça ne pointe pas vraiment le doigt sur vos concurrents, dis-je. Si vous partiez de toute façon.

Elle hausse les épaules.

— Peu de gens le savaient, peut-être qu'ils ont simplement décidé de passer à l'acte pile quand il n'y en avait plus besoin ?

Je me mords la lèvre.

— Je suppose que c'est possible. Mais je suis tenté de croire que c'est quelqu'un de votre bord, quelqu'un qui ne voulait pas votre départ.

Flo montre du doigt l'homme qui sanglote à nos pieds.

— Il était le seul à savoir. Et Joss.

Son front marque une grande inquiétude.

— Vous êtes sûre que ce n'est pas Joss ?

— Certaine.

Elle pousse un soupir de soulagement.

— L'un d'eux aurait-il pu le dire à quelqu'un d'autre ?

Flo passe une main dans ses cheveux en réfléchissant.

— Joss n'avait rien à voir avec l'entreprise. Pas plus que les amis avec lesquels il traînait. Il n'a même jamais rencontré mon père.

— Alors, c'est votre père qui dirige tout ? C'est lui le grand patron ?

Elle acquiesce.

— C'est lui qui aurait le plus à perdre si vous quittiez l'entreprise ? insistai-je.

Son regard accroche le mien.

— Il ne le ferait pas !

— J'avoue que c'est tiré par les cheveux, je suis d'accord. Mais je ne connais pas l'homme. Comment est-il habituellement dans les situations stressantes ? Comment gère-t-il ses colères ?

Ses lèvres tremblent et pendant quelques secondes, elle a six ans et porte une robe de princesse. Puis elle revient à ses vingt ans.

— Comment était-il quand vous étiez une petite fille, quand vous étiez habillée comme une princesse ?

La respiration de Flo s'accélère. Son regard est distant, essayant de se souvenir de son enfance.

— Un jour, murmure-t-elle, j'ai abîmé sa voiture. Je dansais sur la terrasse et j'ai trébuché. Ma main a heurté un pot de peinture posé sur la balustrade et il est tombé sur la voiture. Il a bosselé le toit et il a fallu repeindre entièrement la voiture par la suite.

Je pose une main sur son épaule. Elle ne peut pas le ressentir, mais j'espère que sa mémoire va combler les trous en voyant le geste.

— Et qu'est-ce qu'il vous a fait ?

Elle ferme les yeux, toute à ses souvenirs.

— Il m'a tenu par-dessus la balustrade, me criant de regarder ce que j'avais fait. Il a ajouté que, s'il me laissait tomber, je retiendrais peut-être la leçon.

— Est-ce qu'il vous a laissé tomber ?

Elle secoue la tête.

— Ma mère est sortie de la cuisine et nous a vus. Elle a crié longtemps et lui a reproché de m'avoir mise en danger.

— Comment pensez-vous qu'il réagirait en apprenant que vous aviez l'intention de le laisser tomber ?

Flo prend une profonde inspiration. Elle regarde son fiancé qui a cessé de pleurer mais ne montre aucune intention de partir.

— J'ai besoin de savoir si mon père était au courant, dit-elle. Comment pouvons-nous en être sûr ?

— Il y a de fortes chances qu'il le confesse lui-même s'il vient seul ici, lui répondis-je. Ils le font généralement après un certain temps. Nous devons donc simplement attendre. La question est de savoir si ça suffira ou non pour que vous passiez dans l'au-delà. Pensez-vous que, si vous découvrez la vérité, ça vous suffira, ou il faut également que les vivants soient au courant de cette vérité ?

Elle passe la main dans les cheveux de son épave de fiancé, sans trembler cette fois.

— Ils doivent savoir, murmure-t-elle.

— C'est ce que je pense aussi. Ce qui signifie que vous n'êtes pas au bout de vos peines.

Flo se redresse et me dit sur un ton ferme :

— Dites-moi ce que je dois faire !

J'indique l'homme à ses pieds.

— Vous devez le convaincre de vous aider.

༃

— Tu crois que ça va prendre combien de temps ? demande Clothilde du haut de son perchoir.

Alors que j'essaie habituellement de respecter les lois physiques des humains, Clothilde s'en moque. Elle se tient dans les airs pour avoir une vue sur le parking, par-dessus le mur.

Je regarde le mausolée nouvellement installé sur la tombe de Flo, avec ses lettres dorées brillantes sur la surface polie et je réponds à Clothilde :

— Quelle importance ?

La maman est venue ce matin et Flo a pleuré autant de larmes que sa mère. Le père était absent. Cependant, la mère a promis qu'il viendrait bientôt car il veut s'assurer que le marbrier a bien fait son travail.

Il sera bientôt là. La question est de savoir s'il sera accompagné.

— Une Ferrari ! s'exclame Clothilde. Je ne l'ai encore jamais vue. C'est peut-être notre gars.

Je me lève de mon siège et me dirige vers l'entrée principale où Flo attend. Je lui demande :

— C'est votre père ?

Elle hoche la tête.

Que le spectacle commence.

CINQ

Le père prend son temps pour sortir de la voiture. Il se dirige vers le côté passager pour revêtir son manteau d'hiver et fait attention à ne pas froisser sa veste lorsqu'il l'enfile. Il va alors vers le coffre, l'ouvre et en sort un bouquet de roses rouges.

— Maman les a achetées pour lui hier. Elle m'a dit qu'elle ne voulait pas qu'il vienne les mains vides.

Pas étonnant. Beaucoup d'hommes ne se sentent pas à l'aise avec les fleurs.

La Ferrari est la seule voiture sur le parking. C'est peut-être un hasard, mais si nos soupçons sont corrects, il voudrait être seul aujourd'hui.

— Une voiture vient de se garer sur la route, à proximité de l'école, m'informe Clothilde en trottinant pour nous rejoindre à l'entrée principale. Une Ford bleue.

Les yeux de Flo s'illuminent.

— C'est Cédric, il m'a entendue !

— On dirait, confirme Clothilde. Je vais aller à sa rencontre et voir ce que je peux faire à propos des charnières rouillées. Mais s'il n'est pas doué pour la furtivité, je ne peux pas faire grand-chose.

— Merci, dit Flo en serrant la main de Clothilde.

Je n'irais pas jusqu'à dire qu'elles sont devenues amies au cours de la dernière semaine, mais Clothilde s'investit pour aider Flo à obtenir justice et celle-ci apprécie.

Le père promène son regard sur tout le parking à l'approche de la porte principale et de nouveau en entrant dans le cimetière. Oui, il veut être seul. Un mardi soir juste avant la fermeture est un bon choix.

— Salut papa, dit Flo en passant devant nous. Ça fait longtemps…

Le père arpente le chemin principal en direction de la tombe de sa fille. Son expression est sévère, pas une larme en vue. Ses lèvres dessinent une fine ligne.

Nous suivons dans son sillage, en veillant à rester suffisamment près pour l'entendre s'il se met à parler.

Au mausolée, il pose les fleurs sur le pas de la porte, puis recule d'un pas. Il prend son temps pour étudier le petit bâtiment en pierre érigé à la mémoire de sa fille, mais n'exprime pas ses pensées à voix haute. D'après son expression, je dirais qu'il n'est pas impressionné.

Clothilde apparaît à travers les murs de pierre, les mains levées et les yeux écarquillés.

— Bouh ! dit-elle, puis elle rit. Mec, j'aimerais que ça marche un jour.

Le père de Flo, bien sûr, ne réagit pas du tout.

Clothilde vient se tenir à côté de nous.

— Cédric a franchi la porte, dit-elle, la voix impressionnée. Il a déchiré son pantalon, mais n'a quasiment pas fait de bruit. Il se cache derrière cette horreur, téléphone à la main.

Elle montre le mausolée.

— Je suppose que c'est à moi de jouer, alors.

Flo redresse ses épaules et se dirige vers la première marche de son nouveau chez elle, face à son père.

— Dis-moi, papa, dit-elle d'une voix forte, est-ce que quelqu'un t'a dit que je partais ?

Son père serre les dents et laisse échapper un sourire frustré.

— Pourquoi t'as fait ça ? demande-t-il. Tu ne pouvais pas garder le cap ? Tu allais abandonner tout ce pour quoi on a travaillé avec amour. Vraiment ? Renoncer à un avenir radieux avec tout l'argent et la stabilité dont tu peux rêver, pour aller vivre avec un gars qui ne peut pas garder un emploi pendant plus de six mois ?

Les yeux de Flo ont perdu leur luminosité, mais sa détermination est forte.

— D'accord. Quelqu'un te l'a dit. Je suppose que ce n'était pas vraiment important de savoir si c'était Joss ou Cédric qui t'a mis la puce à l'oreille, mais ça doit être Cédric, puisque j'ai réussi à le convaincre de te suivre ici.

Joss est venu plusieurs fois depuis qu'elle était sortie de sa tombe et elle lui a parfois proposé de suivre son père, mais en vain.

— Et maintenant, j'ai même dû payer pour ça !

Son père donne un coup de pied au mausolée, manquant le fantôme de sa fille de quelques millimètres.

— Je suis désolée de toujours être un tel fardeau pour toi, dit Flo.

Sa forme passe rapidement à celle d'une version beaucoup plus jeune d'elle-même, puis revient à la version que je connais, la colère clignotant dans ses yeux.

— Au moins, tu es débarrassé de moi maintenant !

— Au moins, je suis débarrassé de toi maintenant, dit-il en écho.

— Effrayant, murmure Clothilde.

— Cédric est venu me voir en pleurant, raconte le père, son tempérament reprenant le dessus. Un homme adulte pleurait sur mes genoux parce que ma fille avait décidé qu'elle ne voulait plus de lui. Tu détruis tout ce que nous avons bâti pendant des années et, pour couronner le tout, tu casses le seul atout que je pouvais encore utiliser. A quoi sert un homme qui se met à *pleurer* à cause d'une *femme* ?

Clothilde s'éloigne vers l'arrière du mausolée.

— Je vais juste vérifier que notre petit témoin ne fera rien de stupide tant qu'on n'aura pas une preuve définitive.

— Il peut encore faire beaucoup, crie Flo. Cédric est un homme bien ! Il mérite une belle vie.

Elle se dégonfle un peu et sa voix baisse.

— Je ne pouvais pas la lui donner. Il est peut-être triste en ce moment, mais je l'aurais rendu malheureux sur le long terme.

— J'allais t'expliquer une chose ou deux, dit le père avec un ricanement. Toujours sur ce pont, à perdre ton temps avec Dieu sait quoi. Tu venais de faire couler mon entreprise et tu étais là, chantant et bougeant ton derrière comme une folle de la télé qui ne pouvait rien trouver de mieux à faire de son temps !

— J'ai le droit de vivre ma propre vie comme je l'entends !

Flo se tient sur la pointe des pieds, criant dans son visage à moins d'un centimètre.

Il tressaille et recule d'un pas. Des yeux, il parcourt le cimetière mais ne semble voir aucun de nous debout autour de lui, encore moins sa fille juste devant lui.

— Bon sang, dit-il, je commence à halluciner. Tu vois à quoi tu m'as réduit ? Je reste éveillé toute la nuit à te chercher un remplaçant, à imaginer une nouvelle stratégie marketing. Et qu'est-ce que je vais faire de ton satané fiancé ? Et tout ça parce que tu ne sais pas nager !

Sa voix a enflé tout au long de son discours et à la fin il hurle si fort que je suis surpris que les voisins ne viennent pas en courant.

— Je ne sais pas nager ?

Flo copie sur Clothilde et vole à quelques centimètres du sol pour faire face directement à son père. Je ne sais pas nager ?

— Tu sais bien que je sais nager, puisque tu as insisté pour que j'apprenne quand j'avais cinq ans. Mais je ne sais pas nager si ma tête se cogne, papa ! Je ne sais pas nager si je suis morte ! Tu l'as fait, c'est bien ça ? Tu m'as poussée par-dessus le parapet lors d'une de tes crises de colère, sans réfléchir aux conséquences de tes actions.

— Bien sûr que je l'ai fait ! Tu étais là, en train de danser, quand tout partait à vau-l'eau ! Tu méritais d'être poussée ! Tu devais en payer les conséquences ! Mais tu n'étais pas censée mourir !

Le silence tombe sur le cimetière comme une brique.

— Il vient de répondre à sa question, murmure Clothilde en passant la tête hors du mausolée pour rencontrer mon regard.

— Je sais, chuchoté-je en réponse.

— Florence ? demande le père, la voix tremblante.

Il regarde droit devant lui.

Les yeux de Flo sont écarquillés et ses lèvres tremblent comme si elle était sur le point de pleurer.

— Papa ?

Les yeux du père sont effrayés. Il tombe au sol, comme si quelqu'un avait appuyé sur le bouton 'arrêt'.

Cédric sort de sa cachette à quatre pattes. Il voit les fleurs, l'homme étendu à terre. Il cherche s'il y a autre chose, mais il ne peut pas nous voir tous les trois l'entourer.

— Qu'est-ce qui vient de se passer ?

SIX

Nous restons là pendant que l'ambulance se présente et qu'on emmène le père sur une civière. En parlant à l'ambulancier, Cédric évoque ce qu'il a entendu sur la tombe de Flo et la police est appelée. Il lui donne son enregistrement.

— Donc ce n'était pas un suicide, hein, dit l'un des officiers. Bon travail pour obtenir les preuves, jeune homme !

Au bout d'un moment, Joss arrive, et après une longue discussion avec Cédric — Flo écoute et moi je garde mes distances —, les deux hommes se font une accolade et partent ensemble. Il n'y a pas un œil sec en vue.

Lorsqu'il ne reste plus que nous, les fantômes, et que le

cimetière est revenu à son silence habituel, Flo s'approche. Elle est toujours là, mais elle devient translucide. Je peux voir à travers elle.

Je lui demande :

— Alors, prête à partir ?

— Vous croyez que j'ai terminé ? Comment savoir si c'est suffisant ?

Je lui souris et me penche vers elle pour lui faire la bise pendant que c'est encore possible. En reculant, je lui fais regarder son corps.

— Vous êtes déjà en route, lui dis-je.

Elle se regarde ; elle peut voir à travers ses jambes, son torse, comme si elle n'était qu'un souvenir d'elle-même.

— Oh ! dit-elle avec étonnement. Je vous remercie.

Ses yeux sont sur moi lorsqu'elle disparaît complètement.

Je me dirige vers la tombe de Clothilde, où elle est assise, ses jambes pendantes avec ses Converses usées qui traversent la pierre à chaque bascule.

— Beau travail, capitaine, dit-elle.

Elle fait mine de me regarder.

— Toujours pas assez ?

Je soupire en m'asseyant sur ma propre tombe ; une légère bosse sur le sol à côté de Clothilde, sans même une croix temporaire pour marquer l'endroit.

— Je ne suis même pas sûr qu'un jour, ce sera assez.

AMIES PERDUES

Une nouvelle détective fantôme

Volume 2

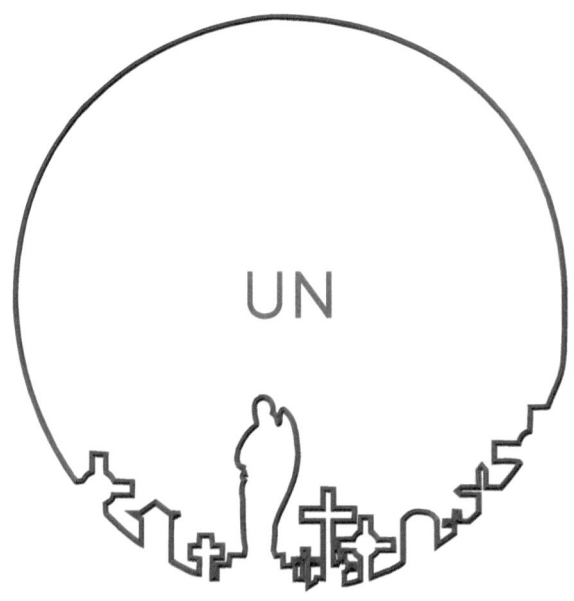

UN

Dans le coin le plus éloigné du cimetière, un mausolée particulier monte la garde. Il n'est pas très joli, ni voyant, ni pieux. Il est grand, solide et spacieux.

Certains l'appellent "la tombe du pauvre", mais ce n'est pas tout à fait juste non plus.

D'après ce que j'ai compris, le mausolée a été payé par le legs d'un inspecteur de la police à la retraite, pour donner un dernier asile aux morts inconnus de la région, ces corps de défunts que personne n'est venu réclamer.

L'urne de l'inspecteur est là aussi, juste en face de l'entrée, à veiller sur tous ses compagnons. Du moins, j'imagine que c'était l'idée. Sauf que, pour autant que je sache, le détective ne s'est pas attardé après son enterrement et la garde a été laissée à d'autres fantômes.

Ça ne me dérange pas.

Aujourd'hui, le mausolée reçoit un nouvel arrivant.

Je me tiens appuyé à la pierre tombale de Clothilde et nous regardons le trio qui arrive de l'église. Deux policiers et un prêtre.

Le plus jeune des officiers porte une urne simple et blanche contre sa poitrine, les doigts blanchis de l'avoir agrippée trop fort.

Il ne doit pas avoir plus de vingt-cinq ans, probablement tout juste sorti de l'académie de police. Ses cheveux sont sombres et bouclés, bien que coupés très courts. Ses yeux grands et bruns remplis de larmes. Alors que son collègue chuchote avec le prêtre, le jeune homme lutte clairement contre ses démons, et se concentre sur sa marche.

— On ne dirait pas qu'on aura un nouvel arrivé, commente Clothilde.

Elle fait semblant de s'asseoir sur sa pierre tombale. Je dis "faire semblant" parce qu'elle est assise à la bonne hauteur, mais pas au bon endroit. Ne voulant pas s'approcher trop près de moi, elle est assise en l'air, juste à côté de la dalle de pierre noire, balançant les jambes avec les mains sous les cuisses.

La plupart d'entre nous essaient de respecter les lois physiques des vivants, même si nous n'avons aucune obligation de le faire. Clothilde s'en moque.

— Ça ne fait pas de mal de rester, dis-je. Ça fait deux personnes supplémentaires à l'enterrement.

Quand la courte procession passe près de nous, nous nous joignons à elle. J'écoute la conversation entre le policier plus âgé et le prêtre.

— Vous m'aviez dit qu'elle avait quel âge ? demande le prêtre dans un murmure.

— Neuf ou dix ans, probablement. Difficile de dire quand ils sont sous-alimentés comme ça.

— Vous êtes certain qu'elle a été assassinée ? Qu'elle n'est pas seulement morte de faim ?

Le torse de l'agent se gonfle de colère.

— Je dirais que laisser un enfant mourir de faim *est* un meurtre, grommelle-t-il avant de se calmer un peu. Mais oui. Des marques sur le cou, de la peau sous les ongles, des bleus partout. Elle a été assassinée.

— Donc vous avez de l'ADN ?

— Pas de correspondance, répond le policier dans un soupir. S'il apparaît un jour sur notre base de données, nous pourrons coincer le meurtrier, mais pour l'instant, nous sommes impuissants.

Je croise le regard de Clothilde.

— Logiquement, il s'agit de quelqu'un qui a des choses à régler, qui voudrait rester un peu pour les résoudre.

Mais le silence de l'urne dit le contraire.

Un cercueil ou une urne ne libérera le fantôme que quand il aura accepté le fait d'être mort. Cela entraîne généralement des jours et des jours de cris et de martèlements.

Une urne silencieuse signifie que l'enfant est déjà passé à autre chose.

— Vous n'avez aucun suspect ? demande le religieux.

Ses yeux glissent sur le jeune officier qui marche devant lui. La compassion marque ses traits.

L'officier le plus âgé souffle de frustration.

— Normalement, je vous dirais que je ne peux pas parler d'une enquête en cours, mais il n'y a vraiment rien à dire. Tout ce que nous avons, c'est un cadavre et de l'ADN inutile.

— Où a-t-elle été trouvée ?

— Au pied d'une falaise, dans la forêt à l'extérieur de la ville. Elle était morte avant d'être jetée là-bas, ajoute-t-il avant que le prêtre ne puisse demander. Il semble que le meurtrier considérait ce ravin comme un endroit pratique pour se débarrasser d'un corps.

Le policier ajoute à voix basse :

— Elle a été trouvée par un couple de jeunes garçons qui se promenaient.

Nous atteignons le mausolée et le prêtre prend l'urne. Il la glisse dans la case prévue et ferme la petite porte.

Comme pour la plupart des lots ici, il n'y a pas de nom, mais seulement une croix et une date de décès.

Le prêtre dit quelques mots, plus qu'il ne le fait habituellement ici. Je suppose que c'est au profit du jeune officier qui semble sur le point de s'effondrer et refoule difficilement ses larmes. Puis le trio revient sur ses pas et s'en va.

Clothilde et moi restons en arrière, sur les marches du mausolée et nous les regardons sortir du cimetière. Le prêtre retourne à l'église, les deux policiers partent dans une voiture banalisée.

— Qui êtes-vous ? Où suis-je ?

Je titube. Si j'avais eu un cœur, je crois bien qu'il aurait cessé de battre !

Au milieu du mausolée, les pieds sales sur le sol à carreaux noirs et blancs, se dresse une fille de neuf ou dix ans. Son corps sous-alimenté est si mince qu'il est douloureux à voir. De ses grands yeux clairs, elle me regarde fixement.

— Où sont mes amies ? demande-t-elle. Elles étaient censées être ici.

DEUX

— Où sont mes amies ? demande encore la jeune fille de sa voix sérieuse quand elle n'obtient pas de réponse de notre part.

Ses bras pendent mollement le long de ses flancs, presque cachés par le T-shirt trop grand qu'elle porte.

Je retrouve enfin ma voix.

— J'ai bien peur que tes amies ne soient pas là, ma chérie.

Elle montre ses dents et grogne.

— Ne m'appelle pas chérie.

Je lève la main d'un geste apaisant.

— Ok, je ne t'appellerai plus ainsi. Tu as sûrement un nom ?

Son visage exprime la méfiance et elle hésite à me donner son nom. Son regard englobe le mausolée, le cimetière et les fantômes achromatiques qui lui parlent.

— Rose, dit-elle.

— C'est un joli nom. Il te va bien.

— Non, c'est pas vrai ! crache-t-elle. Les roses sont belles et pleines de vie. Les roses sont libres.

Clothilde parle de cette voix ténébreuse qu'elle utilise parfois lorsqu'elle est furieuse.

— Les roses ont des épines. Elles peuvent faire saigner même le plus grand homme.

Rose étudie Clothilde. Je me demande si elle sait reconnaître les habits qui étaient à la mode dans les années quatre-vingts, si elle voit la colère que porte Clothilde comme une seconde peau, mais qu'elle ne partagera jamais avec personne. Si elle voit le danger rôder.

Rose sourit.

— Je vous aime bien. Comment vous appelez-vous ?

— Clothilde.

Rose hoche la tête, un sourire espiègle la faisant passer de gamine des rues à princesse guerrière.

— Clothilde, toi et moi allons être les meilleures amies.

Je ne sais pourquoi, mais je ne pense pas que sa définition de ce mot soit la même que la mienne.

Clothilde le ressent aussi. Elle prend son temps pour étudier la petite fille en face de nous, la mesurant avec Dieu sait quelle échelle. Elle fait un léger signe de la tête.

— Marché conclu.

— Excellent, dit Rose en tapant dans ses mains comme pour faire démarrer la fête. Maintenant, où sont mes amies ?

Je n'ai jamais eu à faire ça avant. Quelque chose a dû mal tourner avec l'urne, parce qu'elle n'est pas censée laisser sortir la fille tant qu'elle ne sait pas qu'elle est un fantôme. Cette fille vient de sortir en pensant qu'elle a dû s'endormir ou un truc du genre, et elle s'attend à retrouver ses amies.

Je dois lui annoncer qu'elle est morte.

— Tes amies ne sont pas là, Rose. Quelque chose t'est arrivé, et maintenant, tu es… Tu es morte.

Je tends le bras vers le cimetière, derrière moi, comme évidence. Je retiens mon souffle, attendant un déni ou la panique. Ou les deux.

Rose roule les yeux.

— Je sais que je suis morte, idiot. Vous pensez que j'ai pu oublier ma mort ?

Je suis atterré, incapable de reprendre ma respiration dont je n'ai pas besoin ; mon cerveau ne peut pas assimiler ses paroles.

— Tu sais que tu es morte ?

Peut-être que je l'ai mal entendue ?

Les yeux de Rose me dévisagent de la tête aux orteils, puis remontent.

— Vous ne le saviez pas ?

Je cligne des yeux. Je remue la tête pour remettre mon cerveau en marche.

— Bien sûr que je sais que je suis mort. Je suis ici depuis plus de trente ans.

Je tombe à genoux pour être à la hauteur de la petite fille.

— Comment le sais-tu ?

Elle hausse les épaules et jette un regard incertain à Clothilde.

— C'est ce qui arrive toujours quand l'un de nous est amené dans les bois au milieu de la nuit. C'était moi ou Violette, explique-t-elle parce qu'elle ne comprend pas pourquoi j'ai l'air si choqué. Nous sommes les plus vieilles.

Je chuchote :

— Combien êtes-vous ?

— Douze, répond Rose. Mais je pense qu'il en a repéré une nouvelle, donc il a dû faire de la place pour elle.

— Une nouvelle quoi ?

Je crois connaître la réponse, mais je ne peux que demander.

— Une nouvelle fille. Il les aime jeunes et douces.

Elle imite un accent grossier, tel qu'on l'attend d'un gars vivant au milieu de nulle part.

— La puberté est chaotique, poursuit-elle avec la même voix. Je ne veux pas avoir à faire avec ça.

Puberté ?

— Quel âge as-tu ?

Pour la première fois, elle semble incertaine. Elle regarde ses pieds nus.

— Je ne sais pas. J'avais cinq ans quand il m'a prise.

— Et comment t'a-t-il capturée ?

— Il m'a prise dans le parc. On a roulé longtemps, puis il m'a mise dans la maison.

Je m'assieds sur mes talons, l'esprit chancelant.

Clothilde continue l'interrogatoire :

— Pourquoi t'attendais-tu à rencontrer tes amies ici, si tu savais que tu es un fantôme ?

Rose enroule ses bras autour d'elle, comme si elle pouvait

sentir le froid.

— Après avoir été emmenées dans les bois, elles reviennent. Elles nous tiennent compagnie. Elles s'occupent de nous.

Clothilde lâche un juron.

— Elles reviennent comme des fantômes quand elles sont mortes ?

Rose acquiesce d'un signe de tête.

— Et vous pouviez les voir ?

— Pas vraiment les voir. Plutôt sentir leur présence. Elles s'assoient à côté de nous quand on est punies. Elles nous préviennent quand c'est notre tour avec le Monsieur. Elles chantent quand on n'arrive pas à dormir.

— Le Monsieur ? demande Clothilde.

— C'est comme ça qu'il voulait qu'on l'appelle.

Clothilde fait les cent pas à l'intérieur du mausolée, ses pieds à quelques centimètres au-dessus du sol.

— Si elles reviennent dans la maison quand elles sont fantômes, me dit-elle, c'est qu'elles sont enterrées à proximité.

— Probablement, oui.

Je suis toujours à genoux devant la petite fille. J'aimerais lui faire un câlin, mais je ne pense pas que ce soit une bonne idée.

Nous n'avons aucune expérience avec quiconque enterré ailleurs qu'au cimetière. Nous ne savons pas comment cela fonctionne en-dehors de ces murs.

Clothilde pointe Rose du doigt.

— Pourquoi ne l'a-t-il pas enterrée avec les autres ?

Je secoue la tête en réfléchissant à ce nouveau mystère.

Je demande à Rose :

— Est-ce que le Monsieur n'a jamais été dérangé par les fantômes ?

Rose hoche la tête.

— Quand il y a beaucoup de fantômes ensemble, on les sent mieux. Il y a quelque temps, Pétunia est revenue plus tôt que d'habitude parce que le Monsieur a commencé à paniquer. Elle a dit que nos amies l'aidaient.

Clothilde arrête son va-et-vient près de Rose.

— Pourquoi avez-vous toutes des noms de fleurs ?

— Ce sont les noms qu'il nous donne quand on arrive. Si vous essayez de dire à quelqu'un votre vrai nom, il vous amène dans les bois aussitôt.

Clothilde met une main sur l'épaule de la jeune fille et lui demande de sa voix la plus douce :

— Quel est ton vrai nom, chérie ?

Rose bronche à ce mot, mais ne dit rien. Je suppose qu'on devrait éviter tout surnom que l'homme aurait pu utiliser.

— Tu peux nous le dire, je dis. Il ne peut plus te faire de mal maintenant, puisque tu es morte.

Elle se mord la lèvre et sa respiration s'accélère.

— Léna, murmure-t-elle enfin.

— Ce prénom te va encore mieux que Rose, dit Clothilde en souriant. Je suis heureuse d'être ton amie, Léna.

Léna sourit, mais c'est un sourire forcé. Ses yeux se remplissent de larmes et ses bras se serrent encore plus.

— Je veux mes amies.

Je me force à ne pas prendre la fille dans mes bras. J'ai bien peur qu'elle n'apprécie pas d'être tenue par un homme en ce moment.

Heureusement, Clothilde éprouve la même impulsion et enveloppe la jeune fille dans ses bras, faisant presque disparaître le petit corps dans son corps adulte.

— On va t'aider, Léna.

Elle éloigne la tête de la petite fille afin qu'elle puisse la regarder dans les yeux.

— Mais je ne pense pas que le plus urgent pour toi soit de rencontrer tes amies.

Des larmes coulent sur les joues de Léna.

— Ce dont tu as besoin, dit Clothilde avec suffisamment de force pour convaincre la petite fille, c'est de t'assurer que le Monsieur sera puni et de sauver tes amies vivantes.

Au fur et à mesure que les paroles pénètrent, les pleurs diminuent, puis cessent. S'ensuivent quelques hoquets, mais les yeux de Léna s'élargissent avec émerveillement.

— Je peux faire ça ?

Je me remets debout. Il y a des jours comme celui-ci où je sens l'âge de mon corps, alors que je ne l'ai pas ressenti depuis trois décennies.

— Il n'y a aucune garantie. Mais on va faire de notre mieux pour t'aider.

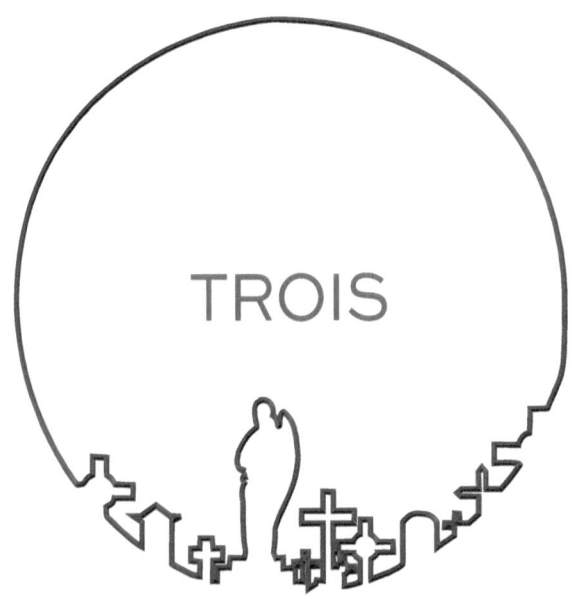

TROIS

— Nous ALLONS avoir besoin d'aide extérieure, dis-je à Clothilde.

Nous sommes assis sur les marches du mausolée pendant que Léna fait le tour du cimetière. Nous lui avons dit qu'elle ne pourrait pas partir, mais comme nous tous, elle doit le constater par elle-même.

— On a toujours besoin d'aide extérieure, répond Clothilde. Il s'agit simplement de donner un coup de pouce à la bonne personne. Dans le cas présent, il y a de fortes chances qu'on n'ait pas de visiteurs, à moins que cet agent de police pleurnicheur ne revienne.

Je tapote mes doigts sur mes cuisses.

— Tu sais, il y a de bonnes chances qu'il le fasse. S'il était si ébranlé par l'affaire, il ne va pas laisser tomber.

— C'est bien ce que tu as fait.

Sa voix est douce et ses yeux distants.

— C'est bien pour ça que je suis encore là, je dis avec un soupir. Et je n'ai pas pleurniché comme ce type. Il reviendra, c'est sûr. Il faut qu'on détermine ce qu'on va faire quand il viendra.

— Qu'est-ce qu'on attend de lui, exactement ?

— On doit lui donner des indices. Ils ont dit qu'ils n'avaient aucune piste, mais nous, on a des informations qu'on peut leur donner. Comme un nom.

Clothilde roule ses yeux et se penche en arrière, en appui sur ses mains.

— Rien que ça ? Tu sais aussi bien que moi qu'on peut leur donner des petits coups de pouce ou communiquer des sentiments très forts. On ne peut pas leur donner de nom.

Elle a raison, évidemment. L'influence que nous pouvons avoir sur le monde des vivants est de faire peur à une mouche ou de bouger un peu de poussière…

— On peut l'écrire !

Je saute et cours jusqu'à la petite porte qui cache l'urne de Léna. Devant la porte, il y a un rebord. Impeccable, parce que tout a été nettoyé avant l'arrivée d'une nouvelle urne. Mais ça n'a aucune raison de rester ainsi.

— Clothilde ! je dis en lui faisant signe de se rapprocher. Tu es plus en mesure de faire ça que moi. Peux-tu faire remuer de la poussière du chemin dehors et en déposer un peu ici ? Ensuite, nous devrions pouvoir écrire le nom dans la poussière.

Le premier réflexe de Clothilde est de refuser. Elle réagit parfois en adolescente rebelle, bien que cela n'arrive que rarement. Elle jette un coup d'œil au portillon arrière du cimetière que Léna est en train d'escalader dans l'espoir de tomber de l'autre côté.

— Je vais essayer, dit-elle. Mais il n'y a aucune garantie que je réussisse à couvrir uniquement ce rebord, me prévient-elle. Ça va être le bazar.

J'étends les bras et lui cède la place:

— A toi de jouer !

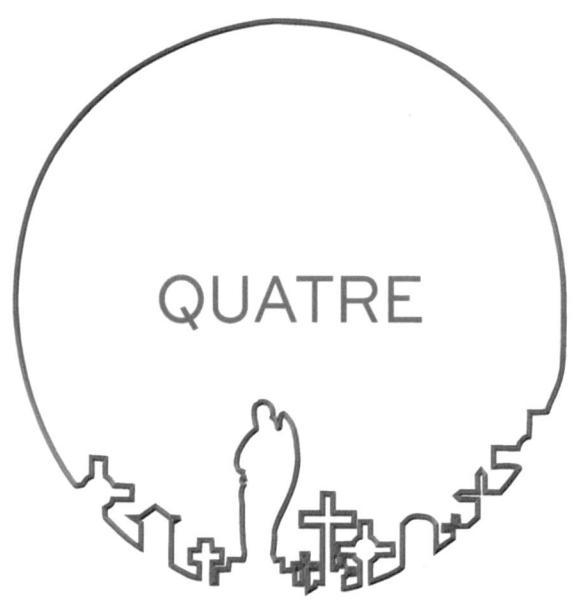

QUATRE

Elle ne plaisantait pas à propos du désordre. Quand elle a terminé, il y a une épaisse couche de poussière sur tout le sol. Devant la porte de l'urne, la couche est si mince qu'elle est à peine visible.

— Ce rebord est vraiment haut, s'exclame Clothilde en le fusillant d'un regard meurtrier.

— Pas de souci, lui dis-je. Tu as fait un excellent travail. Ça devrait faire l'affaire.

Je monte sur le rebord et je tiens mon index au-dessus de la poussière. Je me concentre sur la solidité de mon doigt et sur les particules fines de la poussière. Je voudrais me comporter comme si j'avais une forme solide.

Je ne réussis pas au premier essai, ni au deuxième. Mais je persévère. S'il y a quelque chose qui ne nous est pas mesuré ici, c'est bien le temps. Je reste donc devant ce rebord, poussant mon doigt à travers la poussière encore et encore, jusqu'à ce que les lettres apparaissent.

Ce n'est que le lendemain que je déclare le travail fini. Clothilde est allée et venue, passant le plus clair de son temps avec Léna. La jeune fille n'a pas eu de mal à accepter le fait d'être un fantôme, mais elle ne supporte pas d'être coincée ici alors qu'elle voudrait être avec ses amies mortes dans la forêt.

Deux jours plus tard, le jeune officier de police est de retour. Cette fois, il est seul et ne fait aucun effort pour afficher un visage courageux. Il s'approche du mausolée, la tête baissée et une larme coule sur son menton.

Quand il voit toute la poussière sur le sol, il se fige.

— Qu'est-ce qui…

Il tourne sur lui-même, observant le bazar de Clothilde. Sa bouche est ouverte, ses yeux écarquillés, sa respiration ténue.

— Qui a fait ça ?

Il va aux quatre coins de la pièce, piétinant la poussière, disant de plus en plus fort :

— Qui a fait ça ?

— Allez vérifier l'urne, mon pote, lui dis-je.

Les gens ne peuvent pas nous entendre, bien sûr. Mais leur subconscient doit nous entendre à un certain niveau parce que la plupart des gens réagissent à notre égard.

Cependant l'agent prend son temps. En fait, il met un tel désordre dans notre propre désordre que je crains qu'il ruine mon travail. Je n'arrête pas de lui dire de s'approcher du rebord, de vérifier l'urne.

Et *enfin* il se calme et fait ce que je lui dis.

Il va jusqu'à la petite porte.

— Je vais découvrir qui a fait cela, fulmine-t-il. Je vais découvrir qui vous a tué et qui a sali votre tombe. Je…

Il coupe court quand il voit l'écriture.

— Hein ?

Sa tête tourne sur son axe si rapidement que je grimace de compassion. Il analyse le désordre avec de nouveaux yeux et je vois le moment où il se rend compte qu'il pourrait avoir ruiné des preuves potentielles. Il ne l'a pas fait, bien sûr, mais je n'ai aucun moyen de le lui faire savoir.

— Tout était homogène quand je suis entré, dit-il. Il n'y avait pas de traces de pas, sinon je les aurais remarquées.

Il met son nez trois centimètres au-dessus de l'écriture sur le rebord.

— Alors, comment ont-ils écrit cela ? Léna ?

Il se redresse et son regard va à la porte qui cache l'urne.

— Était-ce ton nom, petite ?

— Oui, c'était mon nom. Je m'appelais Léna.

Léna elle-même est venue, Clothilde sur ses talons.

L'officier hoche la tête.

— Je suppose que ça ne fera pas de mal de faire des recherches.

Il prend quelques photos, puis s'en va quelques minutes plus tard. Je suis heureux de constater que son pas est énergique.

Léna se retire, accompagnée par Clothilde, pour vérifier chaque morceau du mur entourant le cimetière, à la recherche de ses amies.

CINQ

Pas de nouveaux visiteurs au mausolée depuis dix jours. Léna accepte qu'elle ne puisse pas quitter le cimetière, mais elle est très agitée.

Par un dimanche matin lumineux, un couple, entre la trentaine et la quarantaine, gare sa voiture sur le parking de l'église et entre dans le cimetière. Une voiture de police est arrivée avec eux, mais le conducteur —notre jeune officier de police, si je ne me trompe pas— ne sort pas.

La femme n'est pas très stable sur ses chaussures à talons et je soupçonne l'homme de ne pas être au mieux, mais il s'affermit car il doit être fort pour sa femme.

Je les attends au mausolée. Léna et Clothilde se joignent à moi, silencieuses et sérieuses.

— Te souviens-tu de ces gens, Léna ?

Un froncement de sourcils ride son petit front et elle serre les poings à ses côtés.

— Je n'ai pas… Je ne peux pas… Je… Maman ?

Elle avance, juste à temps pour que sa mère marche à travers elle.

— Désolée pour ça, dit Clothilde avant que la jeune fille ne s'énerve trop. Suis-les à l'intérieur. Écoute ce qu'ils ont à dire.

Nous suivons tous. Léna se tient juste à côté de sa sépulture, pour voir le visage de ses parents au mieux, tandis que Clothilde et moi gardons une distance respectueuse.

— Je n'arrive pas à croire que tu étais en vie toutes ces années, sanglote la mère. Je suis désolée qu'on n'ait pas pu te trouver, chérie.

Elle met la main sur la petite porte, ne réalisant pas qu'elle touche le visage fantôme de sa fille.

Léna a l'expression innocente d'une enfant de cinq ans, pas du tout l'expression de colère de la gamine de dix ans à laquelle nous sommes habitués. Quand elle regarde sa mère, ses yeux débordent d'amour.

— Au moins, maintenant, tu peux te reposer, murmure la mère. Je n'arrive pas à croire que ce soit le mieux que nous puissions faire.

— Ce n'est pas tout ce que nous pouvons faire, dit le père.

Sa voix n'est pas plus ferme que celle de sa femme et ses rides d'inquiétude sont trop profondes pour quelqu'un de son âge.

— Nous devons aider la police à trouver le coupable.

La colère revient sur les traits de Léna.

— Le Monsieur, leur dit-elle. Il était méchant avec nous ; il m'a fait du mal ; il a fait du mal à mes amies. Mes amies me manquent, maman. Elles ont besoin de moi.

La mère secoue la tête, comme pour enlever des toiles d'araignée.

— Je crois qu'elle t'entend, dis-je. Continue à parler du Monsieur. Essaie de te souvenir comment c'était, là-bas, dans la forêt. Raconte tout ce que tu peux qui puisse les aider à retrouver tes amies.

Elle fait ce que je lui dis. Ce qui suit est un récit poignant de toutes les horreurs qu'elle a vues dans cette maison des bois, et de ses amies, les enfants encore vivantes et les fantômes.

La mère éclate en sanglots ; son mari la soutient. Elle ne comprend pas pourquoi elle ressent ça, mais je pense qu'elle a saisi l'essentiel du message de sa fille.

— Tu vois l'écriture dans la poussière, comme l'agent l'a mentionné ? Quelqu'un savait qui elle était et voulait qu'elle renoue avec sa famille.

Essuyant ses larmes, la mère regarde mon chef-d'œuvre.

— C'était fait par un ami, dit-elle. Celui qui l'a tuée ne voudrait pas qu'elle soit identifiée.

Elle lève les yeux pour capter le regard de son mari. Elle affiche la même détermination que nous avons vue à Léna quand elle a tenté de s'échapper du cimetière.

— Nous devons trouver cet ami.

Clothilde s'est rapprochée, si près que sa bouche est superposée à l'oreille de la femme.

— La forêt ! Essayez la forêt où elle a été trouvée.

— La forêt, ajoute Léna. Fouillez la forêt, maman. Aidez mes amies.

La mère se balance d'un pied sur l'autre, se penche en avant, une main contre le mur.

— N'a-t-elle pas été trouvée dans une forêt ? Dans quelle mesure ont-ils fouillé cet endroit ?

— J'imagine qu'ils ont fait une recherche assez approfondie, répond le mari.

— Eh bien, ils vont encore plus l'approfondir. Cet officier nous a dit qu'ils soupçonnent celui qui a fait ça d'être derrière au moins dix autres enlèvements dans notre ville. S'ils sont à la recherche de dix enfants au lieu d'un seul, ils peuvent bien chercher dix fois plus loin. Ils doivent fouiller le secteur en entier !

Le mari embrasse la joue de sa femme.

— C'est une forêt assez grande, chérie.

— Ils vont *fouiller cette forêt*. Ou je ne les laisserai jamais en paix.

Le mari approuve :

— Alors c'est ce qu'ils vont faire.

— Merci maman, murmure Léna.

Elle se penche pour donner un câlin à sa mère. Elle arrive même à bien le faire, et ne passe pas à travers.

Une fois ses parents partis, Léna me rejoint sur les marches de son mausolée.

— Pensez-vous qu'ils vont les trouver ?

— Ce n'est plus de notre ressort, maintenant. Mais j'espère qu'ils réussiront. Je l'espère vraiment.

SIX

Ils ont trouvé la maison. Le Monsieur —je ne connais toujours pas son vrai nom… et je me fiche de le connaître— en avait assez des fantômes qui hantaient sa maison et avait décidé de se débarrasser des corps plus loin de la maison. Il était allé assez loin, avec le corps de Léna, pour que l'équipe de recherche n'ait pas atteint son domicile lors de la première investigation, mais pas assez loin pour résister au groupe que la mère de Léna a réussi à mettre en place avec les parents des dix enfants disparus.

Le Monsieur a été arrêté et devrait passer le reste de sa vie en prison.

Les douze filles qui vivaient encore à la maison, dont celle qui était arrivée deux jours seulement après la mort de Rose, ont été envoyées à l'hôpital pour un examen de santé, puis rendues à leurs familles.

Les familles qui n'ont pas récupéré leur enfant ont demandé un examen détaillé des terrains autour de la maison.

Nous avons appris tout cela de la mère de Léna qui est venue nous donner des mises à jour quotidiennes. Elle avait clairement compris combien le sauvetage de ses amies était important pour sa fille et s'était assurée qu'elles étaient maintenant en sécurité dans leurs familles. C'est sûr qu'elles connaîtraient des moments difficiles, mais elles vivraient.

Elle avait aussi promis une surprise pour aujourd'hui, ce qui nous avait tous incités —y compris Clothilde qui n'a jamais été excitée par quoi que ce soit— à surveiller le parking toutes les deux minutes en nous demandant quelle serait cette surprise.

Enfin, alors que le soleil s'approche de l'horizon, une camionnette arrive sur le parking et les parents de Léna en sortent. Alors qu'ils ouvrent les portes arrière, plusieurs voitures suivent, chacune contenant un couple ou une famille.

Chaque couple va à la camionnette, prend quelque chose à l'arrière et marche solennellement vers le cimetière.

— Ce sont des urnes, murmure Léna.

Elle a raison.

Comme le premier couple passe la porte du cimetière, un fantôme sort de l'urne et regarde autour. C'est une fille.

— Iris ! s'exclame Léna, en se précipitant vers la nouvelle arrivante. Ils ont apporté Iris ! Et Lys !

Une fille a sauté de la deuxième urne tenue par un couple asiatique accompagné d'un garçon d'environ cinq ans.

Elles sont toutes là. Les larmes de fantômes coulent librement pendant que les filles se réunissent, se touchant le visage, se donnant des baisers, criant si fort que je suis heureux de ne plus avoir de tympans.

Les familles se rendent toutes au mausolée. Elles attendent dehors, laissant la mère de Léna entrer en premier.

— Viens, Léna, lui dis-je. Voyons ce que ta mère a à dire.

Nous nous faufilons tous, les filles planant au-dessus de nous dans les airs, clairement décidées à ne pas respecter les lois physiques.

— J'ai amené tes amies, chérie, dit la mère de Léna devant la case de sa fille. Nous avons trouvé l'endroit que cet homme terrible utilisait comme fosse commune. Chaque famille aurait pu ramener sa fille dans le cimetière de sa commune, mais nous avons préféré vous réunir.

Un couple de mères approuve d'un mouvement de tête, me faisant réaliser que Léna n'a pas dû être la seule à avoir influencé ses parents.

— Nous vous avons donc toutes amenées ici. La police nous a dit que c'était ok, que c'était le moins qu'ils pouvaient faire pour nous remercier d'avoir trouvé l'homme qui vous a tuées. Maintenant, vous pouvez jouer ensemble autant que vous le souhaitez.

Une larme tombe de son visage et atterrit sur le sol poussiéreux avec un léger bruit.

S'ensuit une procession de familles déposant l'urne des cendres de leur fille dans le mausolée. Il n'y a pas un œil sec en vue, vivant ou fantôme.

Quand les familles partent enfin, il me reste une foule de jeunes filles.

Qui sont déjà partiellement transparentes.

Léna se regarde, puis demande :

— C'est tout ? On ne peut pas jouer ?

S'il y avait un groupe d'enfants qui méritait de jouer, c'était bien celui-ci.

— Je suis sûr que vous serez autorisées à jouer là où vous allez, lui dis-je. Prenez bien la main les unes des autres et restez ensemble, d'accord ?

Je n'ai aucune idée s'il y a intérêt ou pas à le faire, mais les filles suivent mes instructions. Elles disparaissent toutes en même temps, tandis qu'un joyeux éclat de rire parcourt le cimetière.

Clothilde regarde avec envie l'endroit où Léna se tenait quelques instants plus tôt.

— Bon travail, inspecteur.

Puis elle se dirige, à travers les tombes, vers sa propre pierre tombale.

Je pense à toutes les affaires que j'ai résolues, avant et après ma mort. Je pense que cela va dans le sens de la rédemption, mais il reste encore beaucoup de chemin à parcourir.

Un long, très long chemin.

AFFAIRES DE FAMILLE

Une nouvelle détective fantôme

Volume 3

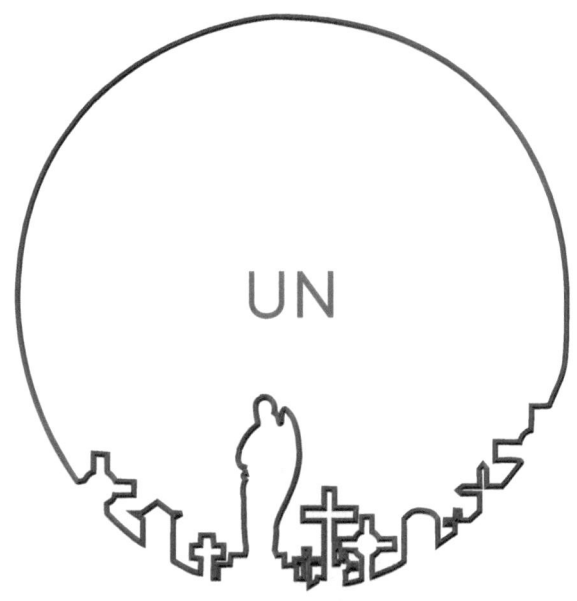

UN

Je me sens terriblement seul ces derniers temps. Pas vraiment étonnant quand on habite dans un cimetière.

Je ne suis généralement pas le seul fantôme à hanter ce terrain. Certaines personnes vont et viennent en se levant de leur urne ou de leur cercueil, s'occupent de leurs affaires en suspens, puis partent pour ce que je suppose être un meilleur endroit.

Nous sommes deux à être des résidents permanents. Personnellement, je suis là depuis plus de trente ans et je n'ai pas encore trouvé cette clôture insaisissable par laquelle il faut passer. Clothilde, ma compagne maussade de vingt ans, hante cet endroit depuis le milieu des années quatre-vingts. Elle était là avant moi.

Nous assistons généralement aux funérailles ensemble, saluons les nouveaux arrivants ensemble. C'est bien d'être membre d'une équipe, d'avoir quelqu'un de complémentaire pour faire les tâches que je ne peux pas effectuer. Elle se comporte peut-être comme une adolescente de mauvaise humeur, mais c'est une bonne personne.

Mais là je suis sans nouvelles d'elle depuis trois jours.

Je ne crois pas qu'elle soit passée dans l'au-delà. Je n'aurais pas pu rater, à la fois la mise en ordre de ses affaires et sa disparition.

Non, elle se cache — et je m'ennuie.

Il me semble que nous avons une nouvelle arrivée. Une vieille dame a été enterrée jeudi et j'entends des sons.

Habituellement, les anciens ne s'attardent pas longtemps. Quand vous sentez la fin venir, vous mettez de l'ordre dans vos affaires, vous préparez tout pour vos héritiers et vous faites vos adieux. Pas beaucoup de choses à régler, sauf pour les vrais têtus.

La chose normale à faire lorsque vous découvrez que vous êtes coincé dans un cercueil à six pieds sous terre, est de crier. Cogner. Appeler à l'aide.

Cette dame —Bernadette Humbert selon le nom inscrit sur la croix de bois temporaire sur sa tombe— ne crie pas.

Mais elle est bien là.

Je peux l'entendre gratter le cercueil, se parler à elle-même et même chanter.

Si elle n'est pas sortie du cercueil, cela signifie qu'elle n'a pas encore accepté d'être devenue un fantôme. Elle est drôlement calme pour quelqu'un qui pense être enterrée vivante.

D'un coup, une main sort de la terre, rapidement suivie d'une tête. Vieille dame en effet. Elle a de ces cheveux qui semblent moulés en place ; peu importe ce que vous leur faites. Légèrement bouclés, beaucoup de volume, ils pourraient accueillir un essaim d'abeilles. Beaucoup de rides et d'excès de peau, mais si j'ai bien entendu pendant les funérailles, elle avait quatre-vingt-douze ans, donc tout est normal. Je dirais qu'elle a plus de rides d'inquiétude que de rides de rire.

— Oh! dit-elle en se libérant. Nous y sommes. Bonjour jeune homme. Comment allez-vous ?

— Bonjour Madame, répondis-je en soulevant un chapeau imaginaire. Robert Villemur, pour vous servir.

Elle hoche royalement la tête et se relève suffisamment pour libérer son torse. Elle regarde autour d'elle, admirant le cimetière actuellement baigné d'un brillant soleil d'hiver.

— Je suppose que vous êtes aussi un fantôme, Robert. Y en a-t-il d'autres comme nous ici ?

Elle n'est pas encore sortie de la tombe et elle évalue déjà son environnement à la recherche de dangers potentiels. Je pense que je l'aime bien.

— Seulement deux fantômes résidents pour le moment, dis-je. Trois maintenant avec vous. Mais mon amie a apparemment décidé de passer du temps seule. Je suis sûr qu'elle reviendra bientôt.

Bernadette hoche la tête de satisfaction et tire le reste de son corps hors de la tombe. Elle semble déjà avoir saisi le concept d'être un fantôme, état dans lequel votre esprit décide de ce qui est tangible et de ce qui ne l'est pas. Pour sortir de la tombe, vous devez imaginer des points d'ancrage, mais la terre que vous traversez ne peut pas vous retenir.

Même en rampant, il y a une certaine dignité dans la façon dont se tient cette femme. Je suppose qu'elle fait partie de ces personnes pour qui les apparences sont importantes.

Elle se lève, essuyant de sa main les poussières inexistantes de son tailleur-pantalon à carreaux verts et blancs.

— Je dois admettre que je m'attendais à plus de deux fantômes dans un si grand cimetière. N'y a-t-il pas régulièrement de nouveaux arrivants ?

Je garde les yeux sur elle, les mains dans mes poches, pour évaluer sa réaction.

— Oh, il y a des enterrements en abondance. Mais seuls les gens dont des affaires sont inachevées s'attardent.

Un sourcil s'arque et je constate aussi un muscle qui se contracte sous son œil droit.

— Vous insinuez que j'ai des affaires inachevées ?

Je hausse nonchalamment les épaules.

— Si vous ne savez pas de quoi il s'agit, je crains que vous ne restiez ici très longtemps, Madame. La seule situation dans laquelle j'ai vu quelqu'un passer dans l'au-delà, c'est quand cette personne a réglé ses affaires.

Elle se redresse, gagnant un ou deux centimètres —bien, elle maîtrise déjà la marche sur l'air— et me regarde de haut :

— Eh bien, je n'ai jamais... Vous avez du culot de lancer des accusations de ce genre. Et nous venons tout juste de nous rencontrer !

— Je ne lance pas d'accusations, Bernadette. Je constate seulement un fait.

Je dois réprimer un frisson en voyant le choc sur son visage lorsque j'utilise son prénom. Je montre le secteur le moins coté où se trouvent ma tombe et celle de Clothilde.

— Maintenant, je vais faire un tour dans mon coin du cimetière. Si vous voulez me parler, je suis là. Je serais ravi de vous aider à trouver une solution.

Je me retourne et m'éloigne alors qu'elle est encore en train de monter dans les tours, fredonnant une mélodie pendant que je m'en vais.

DEUX

Il lui faut deux jours pour venir. J'étais sur le point d'aller la chercher moi-même tellement je m'ennuie. Clothilde ne s'est pas montrée depuis cinq jours et je m'inquiète. Aider Bernadette me garderait au moins l'esprit occupé.

Elle met presque une heure à déambuler dans le cimetière pour me rejoindre. Elle prend son temps, s'arrêtant pour regarder les différentes tombes, pierres tombales et mausolées, essayant — mais échouant— de balayer la saleté sur celles qui ne sont pas entretenues.

Enfin, elle s'arrête devant moi. Je suis appuyé, comme d'habitude, à la pierre tombale de Clothilde.

— Je ne peux pas quitter le cimetière, déclare-t-elle.

Elle tient les mains croisées devant elle, un sac à main de vieille dame se balançant sous un bras. Joli détail.

— Non, dis-je. Nous ne pouvons pas quitter le cimetière. Personne n'a jamais réussi. Croyez-moi, on a tout essayé.

— Il n'y a pas d'autres fantômes.

— J'ai peur que vous soyez coincée avec moi, Madame.

— Je ne comprends pas pourquoi je suis toujours là. Je n'ai aucune affaire en suspens.

Sa position reste la même et il n'y a aucune trace d'émotion dans ses yeux.

J'envisage la possibilité de lui laisser croire cela et de l'abandonner sur son chemin. Que faire si elle est trop têtue pour admettre qu'elle pourrait avoir des regrets ? Ce n'est pas mon problème.

Sauf qu'en fait, ça l'est.

Si elle ne résout pas ses problèmes, elle restera ici. Je m'ennuie peut-être en ce moment, mais je ne pense pas que quelqu'un comme Bernadette va améliorer ma vie au cimetière. Bien au contraire.

Je dois l'aider. J'ai fait mon devoir d'aider les autres fantômes à passer dans l'au-delà.

C'est mon seul espoir de rédemption.

— Je ne suis pas ici pour me mêler de vos affaires personnelles, Bernadette, dis-je d'une voix douce. Mais je suis prêt à vous aider si vous le voulez.

Elle n'aime pas ce que je viens de dire, mais ne part pas. Après une pause :

— De quel genre d'affaires inachevées parlez-vous ? Je ne vois tout simplement pas ce que cela pourrait être.

— Le plus courant est simplement de ne pas avoir dit au revoir à un être cher, lui dis-je. Quand la personne vient visiter la tombe, le fantôme trouve la paix et disparaît très rapidement.

Elle fait non de la tête.

— En deuxième lieu, nous avons des meurtres non résolus. La plupart des gens ne peuvent pas reposer en paix tant que leur meurtrier n'est pas arrêté et traduit en justice. Honnêtement, c'est difficile à gérer lorsque l'on est coincé dans le cimetière et qu'on ne peut pas interagir avec les gens, mais jusqu'à présent, on a plutôt bien réussi. Bien souvent, la police fait son travail, et quand les fantômes apprennent que le meurtrier est attrapé, ils passent dans l'au-delà.

Bernadette lève le nez un peu plus haut.

— Je suis morte d'une crise cardiaque dans mon lit, jeune homme.

Je souris comme si son attitude ne me dérangeait pas — et c'est bien le cas. Des gens comme Bernadette ne m'ont pas dérangé, ni intimidé de mon vivant ; ils ne le feront certainement pas quand nous sommes tous les deux des fantômes.

— Vous m'avez posé des questions sur les cas des fantômes qui sont coincés là. Je vous donne simplement nos cas les plus courants, pour voir si on trouve une correspondance.

Je commence à faire des allers-retours, surtout pour forcer Bernadette à se tourner d'un côté et de l'autre pour me suivre des yeux.

— Je dirais que les enfants arrivent en troisième position. Soit on leur a laissé un héritage en désordre, soit on ne leur a rien laissé du tout et on le regrette…ou encore on ne leur a pas assez dit qu'ils étaient des gens bien. Je pourrais continuer… Avez-vous eu des enfants, Bernadette ?

— J'ai eu un fils, Guillaume. Mais je n'ai aucun regret vis-à-vis de lui.

J'arrête de faire les cent pas et je me tiens face à Bernadette. Elle va trouver difficile de regarder quelqu'un d'en haut quand elle ne m'arrive qu'aux épaules.

— Vous avez hésité, dis-je, avant d'affirmer que vous aviez un fils.

Bernadette ne dit rien. Elle pince les lèvres.

Je ne la laisse pas rompre le contact visuel.

— Quoi ? Quelque chose est arrivé à votre fils ? Non ? N'avez-vous eu que lui ?

Sa paupière droite se contracte.

— Allez, vous pouvez tout me dire, Bernadette. Avec qui pourrais-je vous trahir ?

Je lui montre le cimetière vide autour de nous.

— Aviez-vous un enfant que vous avez dû abandonner quand vous étiez jeune ? Un enfant qui a vécu avec son père et que vous n'avez jamais essayé de contacter ?

— Ne soyez pas ridicule, me gronde-t-elle. Vous vous rendez compte de ce dont vous m'accusez ? Je ne supporterai pas ce type d'insinuations !

Je suis tenté de lui demander si elle a l'intention d'aller à la police. Je garde ma voix basse, calme.

— Alors, pourquoi ne me dites-vous pas ce qui s'est réellement passé ? Vous avez eu un deuxième enfant ?

Elle résiste, mais pas longtemps. Si je devine bien, elle se rend compte que c'est peut-être la raison pour laquelle elle est toujours coincée ici et que l'espoir de s'échapper vaut peut-être la peine de me raconter son histoire.

— J'ai eu une fille, dit-elle enfin. Elle est morte il y a longtemps, laissant derrière elle un désordre sans précédent que j'ai dû assumer.

Il y a du feu dans ses yeux, maintenant.

— Je comprendrais *son* désir de s'excuser auprès de *moi* pour ce qu'elle a fait, mais pas l'inverse.

Je ne peux pas m'empêcher d'ajouter :

— Qu'a-t-elle fait ?

La voix de Bernadette atteint ce calme qui signifie qu'il vaut mieux aller loin, très loin.

— Elle a ruiné deux carrières, une famille et un conseil municipal entier un seul coup de lame.

D'accord. Il faut qu'elle me raconte cette histoire. Mais, tout d'abord :

— Quel était son nom ?

Elle crache le mot :

— Clothilde.

Ah.

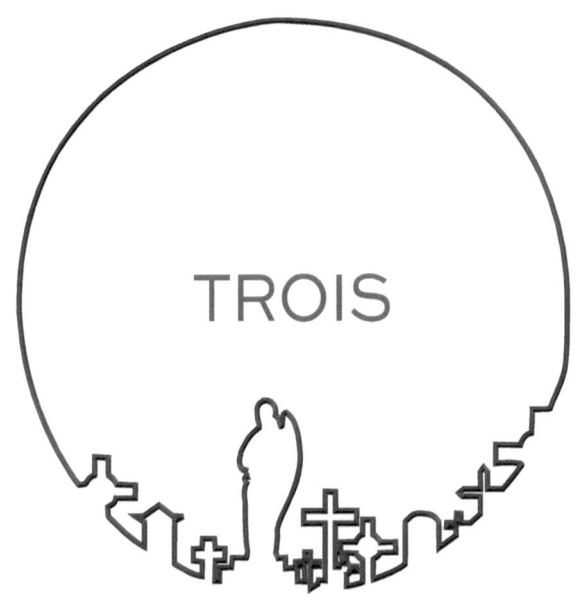

TROIS

Je me tiens là, bouche bée, alors que les pensées se mélangent dans ma tête.

Clothilde.

C'est la mère de Clothilde. C'est la seule explication.

Voilà pourquoi Clothilde ne s'est pas montrée depuis les funérailles. Elle savait que c'était sa mère et ne veut pas la rencontrer.

Maintenant, la question est la suivante : pouvons-nous faire d'une pierre, deux coups ? Peuvent-elles tourner la page ensemble ?

Ma poitrine se serre à l'idée de perdre mon amie de trente ans, mais je ne peux pas souhaiter qu'elle reste ici plus longtemps que nécessaire. Si sa mère est ici, c'est sûrement ce dont elle a besoin pour passer à autre chose. Je vais faire en sorte que cela se concrétise.

J'aurai besoin d'un peu plus d'informations, cependant.

J'affiche un sourire poli :

— Si vous me dites exactement ce qui s'est passé, je pourrai peut-être donner un avis ? Parfois, un point de vue externe peut cerner ce que les parties impliquées ne peuvent pas voir.

Elle n'a pas l'air ravie de mon idée, mais au final, garder les apparences après la mort est moins important que de passer dans l'au-delà.

— Clothilde s'est suicidée de la manière la plus spectaculaire qui soit, dit-elle.

QUATRE

Elle a été retrouvée dans une chambre d'hôtel du centre-ville, pas trop loin de la gare. La pièce était mal éclairée et moisie, l'hôtel si structurellement insalubre qu'il a été démoli un an plus tard. Le personnel était particulièrement bon à rien, en parlant trop dans certains cas et ne disant pas un mot dans d'autres.

Ses deux poignets avaient été tailladés ; la lame de rasoir qu'elle avait utilisée était sur le sol, à côté du lit. Elle était étendue sur le lit comme Jésus sur la croix, ses pieds à la tête du lit, ses bras pendant pour que le sang tombe directement sur le sol, et sa tête penchée sur le pied du lit pour que la première chose que les gens voient en entrant dans la chambre soit ses yeux morts.

L'homme qui avait loué la chambre n'avait pas utilisé son vrai nom, bien sûr, mais il n'avait pas fallu beaucoup de recherches pour découvrir que c'était l'un des avocats les plus en vue de la ville. L'employé de la réception l'a parfaitement décrit, disant à la police qu'il était arrivé avec Clothilde juste avant le déjeuner et qu'il était sorti seul environ une heure plus tard.

Avoir la parole d'un réceptionniste lunaire contre l'avocat n'était pas une preuve suffisante, bien sûr. La carte de visite de l'avocat avec une date et un horaire griffonnés au dos —le jour du décès, onze heures et demie— de l'écriture de l'avocat, fourrée dans la poche arrière de Clothilde, a renforcé le dossier contre lui. Ses cheveux et ses empreintes digitales partout dans la pièce, aussi.

Par contre, Clothilde n'avait pas qu'une seule carte sur elle. Elle avait également le numéro de téléphone du premier adjoint du conseil municipal.

C'est là que le réceptionniste est apparu comme un témoin quelque peu crédible et a nié avoir jamais vu le premier adjoint dans son hôtel. Il avait vu un autre homme aller et venir, un homme qui ne s'était pas enregistré à l'hôtel mais qui prétendait être là pour voir quelqu'un d'autre.

Quelqu'un qu'ils n'ont jamais identifié.

Inutile d'ajouter qu'une fois que les médias ont saisi l'affaire, tout a explosé.

Un lien a été trouvé entre l'avocat et le premier adjoint. Le premier avait aidé le second à acheter le silence de deux précédentes maîtresses.

L'une des maîtresses était la fille d'un autre membre du conseil municipal, actuellement mariée à un grand magnat de la finance.

Une guerre interne a éclaté au sein du conseil, certains accusant leur collègue d'avoir séduit une jeune femme mariée, d'autres accusant le père de la femme de ne pas l'avoir bien élevée. La lutte a mis en lumière une multitude de méfaits par toutes les parties, et le conseil entier a fini par être forcé à la démission.

Le magnat de la finance a divorcé de sa femme, la laissant sans rien, pas même leurs deux enfants. Il a obtenu les droits parentaux, mais a complètement négligé les pauvres enfants, qui sont passés de nounou en nounou jusqu'à ce qu'il les envoie dans un pensionnat en Angleterre.

Le père de Clothilde, qui avait travaillé comme secrétaire général de la mairie, a perdu son emploi. Bien parti pour accéder à des responsabilités plus élevées, il a perdu tout espoir de promotion et n'a jamais réussi à obtenir plus qu'un poste de secrétaire de dentiste. Les amis ont coupé tout contact.

Quand Bernadette a fini son histoire, je lui demande :

— Et pour Clothilde ?

— Clothilde ? Elle était morte. Elle s'est suicidée égoïstement et a fait autant de dégâts que possible en partant.

Je fronce les sourcils, perplexe.

— Mais… Je suis d'accord pour admettre que cela a pu être un suicide. Mais cela aurait pu aussi être un meurtre !

— Ça n'en était pas un, dit Bernadette, l'air hautain. Un policier a été amené à l'examiner et a conclu —assez rapidement, pourrais-je ajouter— qu'il s'agissait d'un suicide.

Quelque chose égratigne mes souvenirs pendant que Bernadette raconte son histoire. Quelque chose à propos de l'hôtel.

— Vous souvenez-vous du nom de l'établissement dans lequel Clothilde a été trouvée ?

— Bien sûr que oui, répond Bernadette d'un ton glacial. C'était *l'Hôtel de la Gare*, juste en face de la gare.

Les souvenirs affluent. Mon officier supérieur me disant qu'il faut que j'aille vérifier un suicide dans un hôtel. Tout le monde sait que c'est un suicide, mais un policier doit quand même faire une enquête officielle et conclure au suicide. Il a confiance en moi et sait que je suis l'homme de la situation.

Heureux d'être choisi pour ce cas facile, je vais à l'hôtel. Je fais une vérification rapide sous le lit et dans la salle de bain, jette un coup d'œil au lit maintenant vide où la victime était étendue, m'assure que la serrure n'a pas été forcée et je conclus qu'il s'agit bien d'un suicide.

Je n'ai même pas pris la peine d'aller à la morgue pour voir le corps.

— Quelle est l'importance du nom de l'hôtel ? me demande Bernadette en me ramenant au présent.

— Aucune, répondis-je, la gorge sèche. Simple curiosité.

— Comme vous pouvez le constater, dit-elle, ne devinant rien de ma lutte interne, il n'y a aucune raison pour moi d'avoir des questionnements sur ma fille. Nous lui avons tout donné pendant son enfance et sa jeunesse —l'amour, l'éducation, un toit sur sa tête—, et elle nous a récompensés en se suicidant et en ruinant nos vies et celles de beaucoup d'autres en même temps.

J'enfouis mes pensées auto-flagellantes au fond de mon esprit en me promettant de les examiner plus tard, et me concentre sur la femme devant moi et la raison pour laquelle elle est toujours là.

— Avez-vous immédiatement pensé que votre fille s'était suicidée ?

— Qu'importe ce que je pensais ? dit Bernadette en serrant les lèvres. Elle l'a fait, elle a tout ruiné.

J'adapte ma posture contre la pierre tombale derrière moi, celle où je me tiens depuis que j'ai découvert qui est Bernadette, voulant bouger pour me débarrasser de la sensation de fourmis qui parcourent mon corps, mais ne voulant pas montrer à Bernadette le nom sur la pierre... Clothilde.

Je prends une profonde inspiration et j'expire lentement. L'exercice ne m'aide pas beaucoup, vu que je n'ai pas de vrai corps.

— Et si elle ne s'était pas suicidée ? Et si elle avait été assassinée ?

Bernadette pince les lèvres.

— Ne soyez pas ridicule. La police a enquêté et a conclu au suicide.

— Et s'ils avaient tort ?

Je ne peux pas me résoudre à lui dire que j'ai été l'officier chargé de l'enquête. Je sais que c'est pour cette raison que je suis resté coincé dans ce cimetière si longtemps. J'ai beaucoup de travail de police bâclé à compenser.

Elle passe d'un pied sur l'autre.

— Ce n'est pas... Ils ne le feraient pas...

Son sac à main disparaît, pour réapparaître une seconde plus tard.

— Comment pourrais-je même... Ils m'ont dit qu'elle l'a fait elle-même !

Je lui demande, d'une voix calme :

— Les avez-vous crus ? Qu'est-ce que votre cœur vous a dit ?

Elle me fixe pendant un long moment, une ride d'inquiétude de plus en plus profonde traversant son front, les yeux distants.

Quand enfin elle me répond, sa voix n'est plus qu'un murmure :

— Quelle mère pourrait croire que sa fille s'est suicidée ? C'est impossible à accepter. Elle était une enfant si difficile, si entêtée. Tellement rebelle.

Cela ressemble tout à fait à la Clothilde que je connais.

— Elle m'a dit qu'elle allait faire quelque chose de grand, avoue Bernadette, en me fixant du regard. Quelque chose qui aurait un impact sur notre ville. Sa mort a certainement eu un impact sur notre ville. L'ensemble du conseil municipal a dû démissionner.

Le chagrin semble la submerger pendant un moment, puis elle se secoue et redresse les épaules.

— En fin de compte, j'ai conclu que c'était ce qu'elle souhaitait. Mais je n'ai jamais compris pourquoi.

Sa voix se brise sur le dernier mot.

Je me demande où se cache actuellement Clothilde. Est-elle à l'autre bout du cimetière, aussi loin de nous que possible ? Ou est-ce qu'elle traîne ici, écoutant notre conversation ?

Malheureusement, même après avoir passé trente ans ensemble, je ne la connais pas suffisamment pour le dire.

Je sais qu'elle a des affaires non réglées, sinon elle ne serait plus là. Je commence à avoir une idée de ce que cela pourrait être.

— Comment vous sentiriez-vous si vous appreniez que votre fille ne s'est pas suicidée ?

Le sac à main disparaît et Bernadette porte la main à son cœur.

— Si elle ne s'est pas suicidée, cela signifie que quelqu'un l'a assassinée.

Je hoche la tête.

— Mais... C'est...

Son corps entier vacille, le stress qui la traverse lui fait oublier sa forme.

Je garde ma voix basse et douce :

— Quel effet cela vous ferait ?

Une larme coule sur la joue de Bernadette :

— Mon pauvre bébé ! Cela signifierait que j'ai échoué en tant que mère.

Elle fait deux pas vers moi, sa pauvre dignité oubliée.

— Elle n'a même pas eu de funérailles correctes.

J'ouvre mes bras et la laisse entrer dans mon étreinte.

— Je pense que je pourrais trouver ce dont vous avez besoin pour passer dans l'au-delà, Bernadette, dis-je dans ses cheveux. Mais je dois d'abord vérifier quelque chose. Est-ce que ça ira pendant que je ferai mon enquête ?

Elle se calme assez rapidement. Faisant un pas en arrière, elle tire sur le bas de sa veste.

— Je vais bien, jeune homme.

Elle regarde son sac à main, qui est de nouveau à sa place.

— Je me demande si j'arriverai à mettre la main sur mon tricot...

CINQ

Quand Bernadette est hors de portée de voix, je m'éloigne de la pierre tombale de Clothilde et m'assieds sur ma propre tombe.

— Clothilde ? dis-je doucement. Je sais que tu es par là. Tu veux bien te montrer ?

Durant un certain temps, rien ne se passe. Bien que je me consume dans une alternance de culpabilité et de curiosité, je reste sur place, lui donnant le temps dont elle a besoin pour se montrer.

Enfin, le lendemain, elle vient. Un instant, je ne la vois pas ; le moment d'après, elle est assise sur sa pierre tombale, ses pieds ballants.

Elle ne me parle pas, ne me regarde pas.

— J'ai rencontré ta mère, dis-je. Une femme adorable.

Un début de rire lui échappe avant qu'elle n'ait pu le retenir. Mes lèvres se courbent en un doux sourire.

— Je comprends pourquoi tu préfères l'éviter ici. Mais je pense qu'elle a besoin de ton aide.

Un autre grognement.

— C'est ça, oui.

— Si elle est là, dis-je, ça signifie qu'elle a des affaires en suspens. Je suis presque sûr que cela te concerne. Et les circonstances de ta mort.

Clothilde lève les yeux pour rencontrer les miens pour la première fois depuis les funérailles de sa mère. Ils sont plus ternes que d'habitude, moins concentrés. Tristes.

— Elle m'a abandonnée, dit-elle, la voix basse mais ferme. Quelqu'un a suggéré que je m'étais suicidée et elle l'a cru. Je n'ai même pas pu être inhumée avec le reste de la famille.

Elle donne un coup de talon à la pierre tombale.

— Je sais que c'est à ça que ça ressemble. Mais tu es là depuis plus longtemps que moi, Clothilde. Comment fait-on pour connaître les tâches inachevées des gens ?

Ses lèvres se courbent.

— Nous ne pouvons pas savoir. C'est eux qui nous le disent.

Hochant la tête, je souris.

— Ils savent ce que c'est. Parfois, c'est évident pour eux *et* pour nous. Parfois, nous devons les aider à comprendre. Mais ils ne découvrent jamais qu'ils ont des affaires en suspens parce que nous le leur disons.

— C'est bien ce qu'elle prétend, *elle*.

— Je pense qu'elle souffre toujours du même déni que lorsqu'elle était vivante. Mais au fond ? Elle sait qu'elle n'a pas été à la hauteur.

Clothilde me regarde de ses yeux ternes. Elle a cessé de balancer les jambes et reste assise, immobile, comme si elle était une statue nouvellement ajoutée à sa propre pierre tombale.

— Des conneries, dit-elle.

— Elle ne serait pas là si elle n'avait pas de regrets. Je pense que ce dont elle a besoin, c'est d'admettre qu'elle a eu tort de croire ce qui a été dit à ton sujet. Et probablement de discuter avec toi.

— Connerie.

Plus qu'un murmure, maintenant.

Mes yeux se dirigent vers sa pierre tombale. Un simple bloc de granit avec seulement son prénom dessus.

— Qui a payé tes funérailles ? Tu n'as pas l'endroit le plus convoité mais au moins, tu es ici alors que ta mort est répertoriée comme un suicide. Ce n'était pas une évidence à l'époque, surtout en vue des motivations qu'ils t'attribuaient. Qui a réussi ça ?

Les yeux de Clothilde se tournent vers la flèche du clocher.

— Je ne sais pas. Je ne suis sortie du cercueil qu'après l'enterrement. Personne n'est jamais venu me rendre visite.

— Tu es sortie tout de suite ?

Mes sourcils font un bond. La plupart des gens —moi y compris— passent des jours à hurler et crier avant d'accepter d'être devenu un fantôme.

— Je suppose qu'on peut dire que j'ai vu le meurtre arriver. Je n'ai pas été surprise de me retrouver morte. A peine surprise de devenir un fantôme.

Un faible sourire naît sur ses lèvres.

Je reprends :

— Alors on ne sait pas qui t'a tuée, on ne sait pas qui a payé tes funérailles et on ne sait pas ce dont tu as besoin pour passer dans l'au-delà ?

Clothilde croise mon regard ; elle a les yeux de quelqu'un qui en a trop vu.

— Deux sur trois, inspecteur.

— Tu sais ce dont tu as besoin pour sortir d'ici ?

Nous nous connaissons depuis presque trente ans et elle ne m'a jamais fait part de ce fait.

Elle roule les yeux, redevenant l'adolescente rebelle.

— Je sais en quelque sorte qui m'a tuée, dit-elle. C'est l'un des deux gars… ou peut-être les deux ensemble. Elle hausse les épaules. Cela n'a pas vraiment d'importance.

Je m'abstiens de la traiter de menteuse. Cela ne nous ferait pas avancer.

— Peut-être que ta mère peut t'aider à découvrir qui t'a tuée ?

Clothilde fait un bruit de dérision.

— C'est ça, oui.

Son regard se tourne vers la tombe de sa mère. Ses yeux s'écarquillent.

Clothilde disparaît.

En soupirant, je me retourne pour voir Bernadette descendre la butte où se trouve sa tombe, marchant droit vers moi cette fois.

— Qui est ton amie ? demande-t-elle en s'approchant. J'espère que je ne l'ai pas effrayée.

Je me tais et laisse mon regard errer sur la pierre tombale de Clothilde, clairement visible pour Bernadette maintenant que je ne cache plus l'inscription.

Une forte inspiration :

— Clo… ?

Bernadette fait un tour sur elle-même, à la recherche de sa fille au cimetière.

— Elle est là ? C'est là qu'il l'a enterrée ?

— Qui l'a enterrée ?

Main sur le cœur, Bernadette continue de scruter les alentours.

— Mon frère. Je lui ai donné de l'argent et lui ai demandé de s'en occuper.

Elle tombe à genoux devant la pierre tombale.

— Il n'a même pas fait inscrire son nom de famille et sa date de naissance.

— Peut-être ne voulait-il pas que quelqu'un la trouve ? Un oncle, en général, connaît le nom de famille et la date de naissance de sa nièce.

Bernadette secoue la tête, mais plus par perplexité qu'en réponse à ma question. Ses yeux se lèvent, à la rencontre des miens.

— Elle est là ? En tant que fantôme ?

Je n'aime pas dénoncer une amie, mais Bernadette a le droit de savoir… Et Clothilde ne peut pas se cacher éternellement. Je confirme d'un hochement de tête.

— Elle est là depuis tout ce temps ?

Elle bondit sur ses pieds, se souciant aussi peu que sa fille des lois physiques.

— Vous avez dit que seuls ceux dont les affaires étaient inachevées s'attardaient ?

Je hoche la tête. Je le fais souvent ces derniers temps.

— Elle est morte depuis près de trente ans! Quelles sont ces affaires qu'elle n'a toujours pas réglées ?

— Je ne le sais pas, Madame, dis-je calmement. Elle n'a jamais daigné me le dire.

Bernadette expire, ses yeux retournant au nom de sa fille sur la pierre tombale.

— Ça ressemble bien à Clothilde. Mon pauvre bébé !

J'attends que Bernadette décide d'un plan d'action. Elle passe un long moment à regarder la tombe de sa fille. Enfin elle dit :

— Clothilde ? Peux-tu m'entendre ?

Silence.

— Je suis vraiment désolée, ma chérie. Je n'aurais jamais dû douter de toi.

Bernadette déglutit, tandis qu'une larme coule sur son visage.

— Tu étais une jeune fille tellement difficile et j'étais tellement fatiguée. Quand ils m'ont dit que tu l'avais probablement fait par dépit, j'ai juste... Je suppose que c'était plus facile de les croire.

Ses mains se lèvent, puis retombent impuissantes.

— Je suppose qu'il a fallu moins d'énergie pour les croire que pour croire en toi, ma chérie. Et je suis tellement, tellement désolée !

— Ce n'est pas ma faute si tu étais toujours fatiguée, dit soudain Clothilde.

Elle apparaît derrière sa pierre tombale, utilisant la pierre froide comme une barrière entre elle et sa mère.

L'amour dans les yeux de Bernadette remplit les miens de larmes.

— Non, chérie, ce n'était pas de ta faute. Pas trop, en tout cas, ajoute-t-elle avec un faible sourire.

— Tu étais toujours trop fatiguée, poursuit Clothilde. Trop fatiguée pour m'aider dans mes devoirs scolaires. Trop fatiguée pour organiser un vrai anniversaire pour mes dix-huit ans. Trop fatiguée pour remarquer que je n'allais pas bien.

— Je suis désolée de ne pas l'avoir remarqué, Clo.

— As-tu au moins réussi à mieux dormir une fois que tu n'avais plus à t'inquiéter ?

La main de Bernadette va à son sac à main et elle secoue la tête :

— Je n'ai pas pu dormir une seule nuit sans médicaments depuis ta mort.

Je m'attends à ce que Clothilde en soit heureuse, mais elle fronce les sourcils et se mord la lèvre.

Le regard de Bernadette est distant, comme si elle regardait vers l'intérieur.

— Maintenant que j'y pense, je me rends compte que j'ai dû vivre dans une sorte de brouillard pendant trente ans. Je n'ai jamais vraiment rien réussi après que nous t'avons perdue.

Elle me regarde, étonnée.

— C'est parti maintenant. Mon cerveau fonctionne correctement pour la première fois depuis tellement longtemps.

— Votre cerveau n'est plus entravé par l'influence de votre corps. Ni par des médicaments. Logique.

— Ce sont mes affaires inachevées, dit Bernadette à sa fille avec stupéfaction dans la voix. Je sais que je t'ai fait du tort, chérie. Et je m'excuse.

Encore une fois, elle se tourne vers moi.

— Est-ce que je ne peux rien faire d'autre pour elle ?

Je hausse les épaules.

— Nous avons un champ d'action assez limité. Votre affaire est-elle uniquement relative à votre fille ou aussi avec la personne qui l'a tuée ?

Elle tourne la tête pour regarder sa fille.

— Qui t'a tuée ?

— Je ne sais pas, répond Clothilde d'une voix inhabituellement calme. J'ai des théories.

— Bien sûr que oui, dit Bernadette avec un sourire sincère. Tu en avais toujours en quantité.

Et l'une des théories l'a probablement tuée.

Je reste muet. Ce n'est pas le moment.

Bernadette fait prudemment deux pas vers sa fille.

— Je suis sûre que tu me comprendras, ma chérie. Tu as toujours été une fille intelligente. Beaucoup plus intelligente que ton idiote de mère.

Clothilde reste derrière la pierre tombale, mais ses yeux prennent une expression qu'il est douloureux de regarder.

— Tu n'as jamais été idiote, maman.

Bernadette souffle :

— Ça sonne mieux que stupide.

Un petit rire échappe à Clothilde.

Timidement, Bernadette tend les bras vers sa fille.

— Veux-tu faire un câlin à ta pauvre et stupide mère ? Tu m'as terriblement manqué.

C'est une bonne chose que nous ne puissions ressentir ni le froid, ni la faim, car Clothilde prend son temps pour répondre à sa mère.

Bernadette reste sur place, les bras écartés, attendant.

Enfin Clothilde se décide et vole dans les bras de sa mère.

Je veux les laisser en toute intimité, mais Clothilde me demande de rester, c'est donc ce que je fais.

Quand elles se séparent, Bernadette commence à s'estomper, comme si elle était un vieux dessin laissé trop longtemps au soleil.

— Je crois que vous avez fait ce qu'il vous restait à faire, lui dis-je. Un dernier mot à votre fille avant de partir ?

La surprise évidente sur son visage, Bernadette regarde son corps. Elle peut voir le sol à travers ses jambes et ses pieds.

— Ça y est ?

Elle attrape le bras de Clothilde.

— Et toi ? Pourquoi ne disparais-tu pas aussi ?

Clothilde touche la main de sa mère.

— Je n'ai pas encore fini, maman. Mais je te rejoindrai dès que ce sera fait. Promis.

Bernadette me montre du doigt.

— Assurez-vous qu'elle vienne bientôt, Monsieur. Ou sinon !

— Je ferai de mon mieux, Madame.

Elle disparaît.

Et il ne reste plus que nous deux, de nouveau.

A attendre notre tour.

TERRAIN D'ENTENTE

Une nouvelle détective fantôme

Volume 4

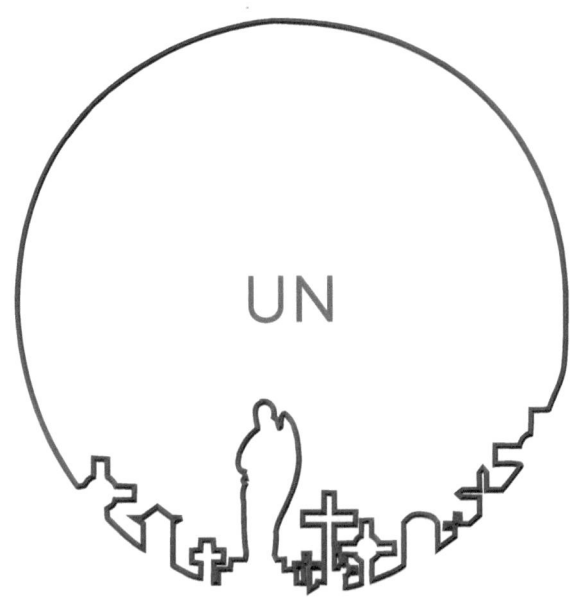

UN

Clothilde a un nouvel ami.

Je ne suis pas jaloux. Si quelqu'un mérite d'avoir une personne avec qui discuter et rire, c'est bien elle.

Mais nous hantons ce cimetière ensemble depuis plus de trente ans et je me sens un peu laissé pour compte. D'autres fantômes sont apparus ici au fil des années. Certains restent à peine quelques minutes, d'autres quelques jours, quelques semaines. Le maximum — à part Clothilde et moi-même — est de trois mois.

Une fois que nous avons aidé les autres à passer dans l'au-delà, il ne reste plus que nous deux. Elle, perchée sur sa pierre tombale, ses pieds traversant la stèle, ignorant complètement les lois physiques du monde des vivants. Moi, soit appuyé contre une sépulture voisine, soit assis sur le monticule qui est ma propre tombe. Et nous discutons, ou nous laissons le temps passer en silence.

Depuis un mois, il n'y a plus de silence. Manon, une jeune femme de vingt-et-un ans, avec une tresse élaborée qui court tout autour de sa mignonne frimousse, des baskets confortables, un jean déchiré et un débardeur moulant, a réussi quelque chose que je ne pouvais même pas rêver de faire : amener Clothilde à se comporter comme une jeune femme heureuse et sans souci.

Depuis le jour où Manon a cessé de crier et a été libérée de son cercueil, les deux femmes ne se sont pas quittées.

Au début, c'était nous trois. Après tout, nous voulions découvrir quelle était la tâche inachevée de Manon. Nous avons donc passé beaucoup de temps à essayer de la faire se souvenir autant que possible des moments avant sa mort, à chercher s'il y avait quelqu'un à qui dire au revoir pour pouvoir être apaisée.

Je ne peux pas être certain qu'elle ait été assassinée. C'est simplement ma conclusion, puisque la jeune femme n'a pas de gens avec qui elle a des choses à régler, des torts à réparer, des choses à mettre en ordre.

Dans mon esprit, cela signifie que son travail inachevé consiste à déterminer qui l'a tuée et peut-être à s'assurer que l'assassin est traduit en justice.

Sauf que Manon ne se souvient de rien de son dernier jour parmi les vivants.

Elle se souvient de s'être couchée après une longue journée à l'université et c'est tout. Sauf qu'elle n'est pas morte dans son lit, ni même cette nuit-là. D'après ce que nous avons appris des personnes en deuil qui ont visité sa tombe, elle est décédée la nuit suivante, seule, dans un hôtel dont Manon ne connaissait même pas l'existence.

Nous avons renoncé à comprendre ce qui s'est passé, à moins, bien sûr, que la vérité ne nous soit apportée par des visiteurs extérieurs.

Et entre-temps, Manon et Clothilde sont devenues inséparables.

Ce qui est génial pour Clothilde, coincée ici depuis plus de trente ans, avec moi pour seule compagnie, c'est qu'elle peut enfin rire.

Cela lui va bien.

Je m'habituerai à la solitude.

DEUX

— Ils creusent une nouvelle tombe.

Clothilde descend à mes côtés sur les marches d'un des mausolées du cimetière. Manon la suit de près et s'assoit de l'autre côté de Clothilde en passant une main sur sa tête pour s'assurer que sa tresse ne s'est pas relâchée. Elle est ici depuis plus d'un mois, mais n'a pas encore intégré que son corps ne suit plus aucune loi physique.

Je jette un coup d'œil dans la direction indiquée par Clothilde et je vois qu'en effet, les fossoyeurs travaillent dur dans la nouvelle section, celle où ils placent les gens qui n'ont pas encore de famille dans ce cimetière.

— On sait qui c'est ?

— Non. Ils ne parlent pas. Peut-être qu'ils ne savent pas. Mais ils sont pressés car les funérailles ont lieu demain après-midi.

J'acquiesce.

— On n'aura pas à attendre longtemps pour le savoir, alors.

Le lendemain, à trois heures de l'après-midi, une longue procession funéraire sort de l'église et suit un cercueil blanc alourdi de couronnes.

On dirait que les cris durent déjà depuis un moment. Il y a de la panique, le genre qui s'installe quand il n'y a pas de salut en vue et que vous savez que vous êtes condamné. Pas aussi bruyants que ceux de certains morts que nous avons déjà eus, mais ils sont persistants.

— Nouvel arrivant, dit Clothilde depuis sa position à la tête de la tombe ouverte.

Manon se tient à quelques pas derrière nous, se tordant les mains comme pour les empêcher de couvrir ses oreilles. Non pas que cela aiderait. Je ne sais pas comment nous entendons avec nos corps de fantômes, mais ce n'est certainement pas par les oreilles.

Il n'y a pas moyen de faire taire les cris.

— C'est normal ? demande finalement Manon à voix basse.

— Tu peux parler aussi fort que tu veux, lui dit doucement Clothilde. Aucun d'eux ne peut nous entendre.

— Oui, toute personne qui devient un fantôme crie comme ça au début, répondis-je en tournant la tête pour regarder Manon. Tu ne te souviens pas quand tu t'es réveillée ?

— Eh bien... oui. Je ne savais tout simplement pas si c'était toujours comme ça.

— Toujours, dis-je en inclinant la tête. Maintenant, la question est de savoir combien de temps il lui faudra pour accepter d'être devenu fantôme. Ensuite, on aura un nouveau voisin.

La famille et les amis se rassemblent autour de la tombe et le prêtre dit quelques mots.

Je me promène dans le groupe, écoutant les conversations dans l'espoir d'avoir une indication sur ce à quoi il faut s'attendre quand le cercueil libérera son occupant.

Il semble que notre morte s'appelle Lise. Elle avait vingt-deux ans et étudiait la médecine. Et elle a apparemment fait une overdose accidentelle, seule, dans une chambre d'hôtel.

En apprenant cela, je jette un coup d'œil à Clothilde et Manon. Elles sont également mortes toutes les deux dans des chambres d'hôtel. Ce n'est sûrement pas un endroit si commun pour mourir ?

— J'adore la façon dont ils arrivent à ne pas appeler ça un suicide, dit une jeune femme à l'arrière lorsque je passe à côté. Ils font ça en ce moment, surtout quand il s'agit d'une starlette hollywoodienne. Les médias diront que "la mort était accidentelle." Alors j'imagine qu'elle a glissé et s'est cogné la tête dans la salle de bain ou quelque chose comme ça. Mais non. Elle a pris deux médicaments sur ordonnance et les a mélangés avec deux médicaments illégaux, *et oups,* s'est tuée "accidentellement." Sérieux, appelons un chat un chat. Une overdose est une overdose.

— Pourtant, dit le gars avec lequel elle parlait, Lise ne se droguait pas.

La jeune femme lève un sourcil.

— Pour autant qu'on le sache.

Le gars fronce les sourcils, mais ne répond pas. Il relève le col de sa veste comme s'il avait froid, bien que ce soit une douce après-midi de printemps.

— Si vous étudiez pour devenir médecin, vous n'allez pas annoncer au monde que vous prenez de la drogue, dit la jeune femme. Mais ces études sont difficiles et Lise ne serait pas la première à se tourner vers les médicaments pour y faire face. De plus, elle a peut-être eu accès à des médicaments pendant l'un de ses stages.

A ces paroles, le gars secoue la tête avec véhémence.

— La drogue qu'ils ont trouvée dans son sang était l'une de ces nouvelles drogues super puissantes qui tuent les gens à droite et à gauche tellement elles sont fortes. Le seul endroit où on pourrait la trouver dans un hôpital, c'est dans les corps de la morgue.

Les deux continuent à se disputer, mais ne me donnent pas d'autres informations intéressantes. Je continue à circuler.

Quand le cercueil est descendu au fond du trou et que la famille la plus proche a jeté une pelletée de terre dessus, tout le monde présente ses condoléances aux parents et le cimetière se vide une fois de plus, laissant trois fantômes et une jeune femme hurlant à six pieds sous terre.

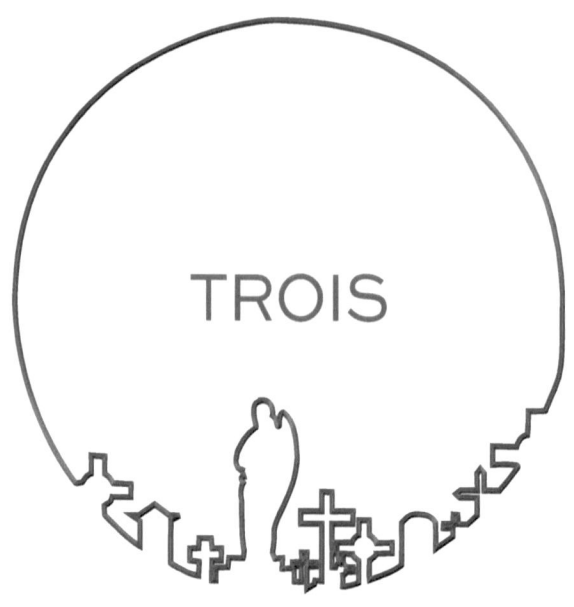

TROIS

Elle est assez rapide, tout bien considéré.

Elle arrête de crier le lendemain matin, juste après dix heures. Il lui faut encore une heure pour accepter sa situation actuelle et que le cercueil la libère, et encore cinq minutes pour ramper à travers la terre.

C'est une jolie femme dans la vingtaine, avec un grain de peau plus foncé que ceux de Clothilde et Manon. Elle a des cheveux bouclés noirs qui ont été fixés dans deux tresses serrées encadrant son visage et se rejoignant au cou. Ses vêtements sont ceux d'une étudiante plus axée sur les études que sur la fête.

— Vous êtes des fantômes aussi ? nous demande-t-elle.

Mes lèvres se recroquevillent dans un sourire et je hoche la tête en confirmation.

Elle scanne le cimetière.

— Où sont les autres ?

— J'ai bien peur qu'il n'y ait que nous, lui dis-je.

— Les autres sont partis là où se retrouvent les fantômes en paix, complète Clothilde.

Elle étudie la nouvelle arrivante de la tête aux pieds.

— Oh, dit Lise. D'accord. C'est logique, je suppose.

Mes sourcils montent.

— Vous ne pensez pas être un fantôme en paix ?

De ses lèvres s'échappe un grognement et la colère brille dans ses yeux.

— Oh, que oui. Si vous me dîtes que j'ai une chance de coincer le gars qui m'a tuée avant de passer dans l'au-delà, je suis partante !

Clothilde fait un pas vers Lise.

— A vos funérailles, les gens semblaient penser que vous étiez morte d'une overdose.

— Oui, c'est vrai.

Lise tend les mains devant elle, ses biceps faisant saillie sous son T-shirt à manches longues, clairement prête au combat.

— Mais ce n'est pas moi qui ai mis toutes ces drogues dans mon sang.

— Savez-vous qui l'a fait ? demande Manon.

Elle est restée silencieuse jusqu'à maintenant, mais elle boit toutes les paroles de Lise.

— Je suis certaine que c'est Laurent Lambert et il est hors de question que je le laisse s'en tirer !

Manon se fige et aspire un grand bol d'air dont elle n'a plus besoin. Elle est tellement choquée que tout son corps vacille une seconde, avant de revenir à son gris opaque habituel.

Et Clothilde ? Elle grandit. D'habitude, comme la plupart des femmes, elle est plus petite que moi. Mais maintenant, elle me domine, à peu près à la hauteur des plus grandes joueuses professionnelles de basket-ball. Ses yeux sont des mares de noir et ses lèvres s'ouvrent dans un grognement sauvage.

Je parle tout doucement de peur de la contrarier davantage :

— Je suppose que tu as déjà entendu ce nom ? Il faut dire que Laurent Lambert est un nom assez commun.

Manon lève la main, comme pour demander la permission de parler.

— J'ai eu une rencontre avec un avocat du nom de Laurent Lambert, le jour de mon décès. Le jour dont je ne me souviens pas.

Clothilde met les deux mains devant ses yeux, se battant clairement pour reprendre le contrôle de son corps. Peu à peu, elle revient à sa taille normale.

— Tu te rappelles ? Je t'ai dit qu'il y avait un avocat dans la chambre d'hôtel le jour de ma mort.

— Oui, je me souviens.

— Il s'appelait Laurent Lambert.

Elle baisse les poings sur le côté et se tourne vers Lise.

— Quel âge a le type qui t'a tuée ?

— Début de la soixantaine, peut-être ?

Clothilde fait un pas et rencontre mon regard.

— Il était dans la trentaine à la fin des années quatre-vingts.

Je hoche la tête et essaie de rassembler mes idées qui se brouillent.

— Qu'en est-il de ton Laurent Lambert, Manon ? Il avait quel âge ?

Elle tremble et ses bras s'enroulent autour de son corps.

— Je ne sais pas. Je ne me souviens pas de l'avoir rencontré, dit-elle, son regard sautant de l'un à l'autre alors que nous nous tenons autour de la tombe fraîchement remuée. Mais j'ai eu l'impression qu'il faisait ce boulot depuis un moment.

Clothilde n'a aucun doute :

— C'est lui.

Bon dieu. Avons-nous un tueur en série sur les bras ?

Et comment suis-je censé résoudre ce mystère, enfermé dans les limites de ce cimetière ?

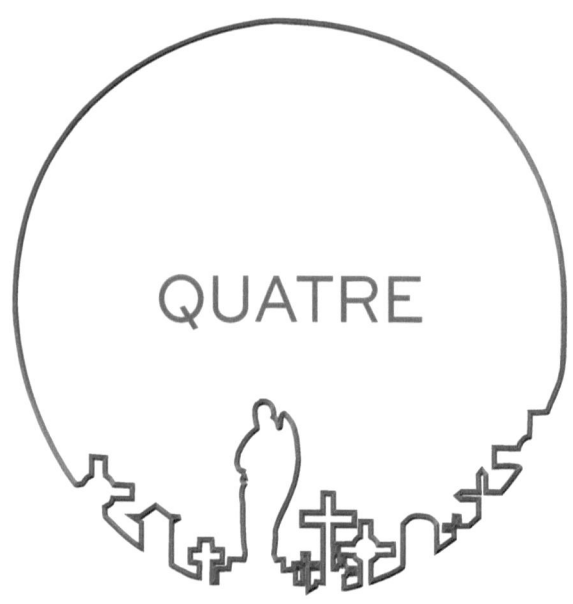

QUATRE

Premier point à l'ordre du jour : partager toutes les informations que nous avons sur l'homme appelé Laurent Lambert et sur les trois meurtres.

Manon, bien sûr, ne peut pas nous dire grand-chose puisqu'elle ne se souvient pas du jour de sa mort. Elle *peut* nous dire que l'homme travaillait pour plusieurs membres du Conseil Régional. Elle avait réussi à le rencontrer seulement après avoir menacé d'impliquer les médias s'il ne lui accordait pas au moins une réunion pour discuter de son association.

Clothilde grogne à la mention du Conseil Régional, mais ne commente pas.

— Quel est le but de ton association ?

— On veut aider les étudiants à se loger, explique Manon. Tous les bâtiments du centre-ville sont achetés par les grands entrepreneurs et ils font des appartements pour les riches, médecins, ingénieurs… Les étudiants ne peuvent se loger qu'à l'extérieur de la ville et ils doivent faire la navette tous les jours puisque l'université est, bien sûr, au centre.

Elle hausse les épaules.

— Ça ne changera pas la face du monde, mais on a trouvé que ça valait la peine de mettre nos ressources en commun et d'essayer au moins d'être *entendus* par les gens qui ont les moyens de faire quelque chose.

Dans un souffle, elle confie :

— Ça fonctionnait. Les gens commençaient à nous écouter.

— Et de ton côté ? je demande à Lise.

Son regard est lointain, ses lèvres serrées et avec un froncement de sourcils sévère, elle répond froidement :

— Oh, je vois un motif et je me souviens de tout au moment du meurtre.

ଔ

DANS LE MEURTRE de Lise, les choses ne s'étaient pas passées comme prévu. Elle était *censée* être aussi droguée que Manon, mais son aversion à l'eau du robinet l'a "sauvée." Je dis "sauvée" parce que c'était loin d'être une bénédiction.

Elle a rencontré Laurent Lambert dans une chambre d'hôtel non loin de l'aéroport. Elle trouvait l'endroit un peu bizarre pour une telle réunion, mais Lambert a soutenu qu'il avait un vol tôt le matin, donc c'était vraiment beaucoup plus simple, et comme il ne voulait pas que quelqu'un entende leur conversation, il a préféré éviter le bar de l'hôtel.

Lise était très grande pour une femme et de plus, elle avait une ceinture noire en karaté. Elle n'avait pas souhaité se retrouver seule avec un homme, mais, comme Laurent Lambert avait la cinquantaine au moins, elle avait accepté.

Quand elle est arrivée, il lui a offert une petite collation, une spécialité de sa ville natale, un endroit dont Lise n'avait jamais entendu parler. Ne voulant pas paraître impolie, Lise a accepté.

Le mets était sec comme du sable, fait principalement de farine et d'un produit qui liait l'ensemble.

— Voulez-vous un verre d'eau avec ça ? a demandé Lambert.

Incapable de parler, Lise a hoché la tête et a pris le verre qu'il offrait.

Elle a bu une gorgée et a tout de suite réalisé que c'était de l'eau du robinet. Elle a fait de son mieux pour nettoyer sa bouche avec cette seule gorgée.

C'était vraiment stupide, mais sa mère était maniaque et avait toujours donné de l'eau minérale à ses bébés. Lorsque Lise s'est retrouvée seule et a géré ses propres finances en tant qu'étudiante, elle a constaté qu'elle pouvait économiser beaucoup d'argent en passant à l'eau du robinet comme tous ses amis étudiants. Mais il était trop tard et son corps n'acceptait pas l'eau du réseau municipal ; à chaque fois qu'elle en buvait, elle passait les deux jours suivants penchée sur les toilettes.

Elle a donc continué à acheter de l'eau minérale.

Et lorsqu'on lui a offert un verre d'eau pour absorber un

biscuit aussi sec que le désert, elle a prié pour que cette unique gorgée ne suffise pas à lui retourner l'estomac.

— Allez-y, la pressait Lambert. Buvez. Je sais que cette pâtisserie assèche la bouche.

Lise a refusé. Lambert insistait. A un tel point qu'elle a commencé à se méfier.

Il était déjà trop tard.

La drogue puissante était dans son sang et, quand l'attaque vient de l'intérieur, une ceinture noire ne sert à rien.

Elle s'est effondrée sur le parquet avant de pouvoir atteindre la porte et Lambert a proféré avec soulagement :

— Eh bien, il était temps.

Lise a perdu le contrôle de son corps, mais pas celui de son esprit.

Alors que son corps s'arrêtait lentement — trop lentement —, Lise voyait Lambert être rejoint par un autre homme aussi vieux que lui, mais beaucoup plus grand et plus fort. Ils l'ont déposée sur le lit.

Ils portaient tous deux des gants et Lambert a nettoyé tout ce qu'il avait pu toucher dans la pièce, y compris le verre, tandis que l'autre homme vérifiait les poches de Lise à la recherche de tout lien avec la réunion. Il a ouvert son téléphone et a utilisé son pouce pour le déverrouiller. Il a affiché son calendrier et a enlevé toute trace de rendez-vous. Il a aussi supprimé quelques e-mails.

Puis Lambert a quitté la pièce, disant à son complice :

— Tu as quinze minutes. N'oublie pas de remettre ses vêtements après.

Heureusement — si l'on peut dire —, le corps de Lise a lâché prise une minute après, et son esprit est parti avec lui.

☙

Clothilde se tourne vers Manon.

— Tu sais si tu as été violée ?

Manon secoue négativement la tête, les yeux agrandis.

Gardant ma voix douce, je demande :

— Et toi, Clothilde ?

Même mouvement de tête. Mais je ne sais pas si ça veut dire qu'elle ne l'a pas été, ou si elle ne sait pas.

Je n'insiste pas. Depuis trente ans que je la connais, c'est la première fois qu'elle accepte de parler de sa mort et je pense qu'il lui faudra du temps pour entrer dans les détails.

— Euh…

Manon lève à nouveau sa main.

— Oui ?

Je lui souris, espérant qu'elle comprendra bientôt qu'elle peut parler avec nous quand bon lui semble.

— Lise, dit Manon d'une voix hésitante, pourquoi avez-vous rencontré Lambert ?

— Je voulais lui parler de la façon dont le Conseil Régional traite les sans-abris de la ville.

Devant le silence et les yeux interrogateurs de Manon, elle ajoute :

— Je fais partie d'une organisation qui aide les sans-abris à trouver un abri, de la nourriture, un emploi… et qui s'assure que la ville les traite bien.

Une étincelle et un soupçon de colère émanent de ses yeux.

Osant à peine la regarder, je demande à Clothilde :

— Clothilde, ta mère nous avait parlé du Conseil Municipal à ta mort ?

La voix de Clothilde est si dure que je recule, bien qu'elle ne s'adresse pas à moi.

— Dites-moi le nom de tous les conseillers régionaux dont vous vous souvenez.

Les yeux de Lise vont de l'une à l'autre ; elle fronce les sourcils et répond. Elle énumère au moins vingt noms, hommes et femmes.

Clothilde commence à grandir. Elle darde ses yeux noirs sur la pauvre Lise. Cependant, la jeune femme parvient à terminer sa liste.

Après un long silence, je l'interpelle :

— Clothilde ?

Elle revient presque à sa taille normale, et prend une grande respiration. Mais je sais que cela a peu d'effet sur un fantôme.

— La moitié de ces gens faisait partie du Conseil Municipal à mon époque, dit-t-elle.

— N'ont-ils pas tous démissionné après ta mort ?

— Oui. On dirait que ça n'a réussi qu'à les changer de territoire.

Elle ne dit rien d'autre, mais continue à lutter contre sa colère croissante.

Je lui demande :

— Avais-tu des aspirations politiques quand tu es allée dans cette chambre d'hôtel ?

— Oui, répond-elle sèchement. Mais ce n'est pas important en ce moment. On doit se concentrer sur elles.

Elle pointe du doigt Manon et Lise qui la fixent toutes deux, manifestement intimidées.

— C'est trop compliqué de faire en sorte que quelqu'un se penche sur un suicide vieux de trente ans. Mais on peut les amener à se pencher sur les deux suicides les plus récents.

Je n'aime pas ça, mais elle a raison. Et clairement, je ne suis pas encore prêt à connaître toute son histoire.

— Très bien, dis-je, mais comme on le sait tous, on est plutôt limités dans ce qu'on peut faire. Impossible de quitter le cimetière et on n'a qu'une influence minimale sur les gens qui viennent ici. Par où devrait-on commencer ?

Clothilde s'adresse à Lise :

— Est-ce qu'aux funérailles les gens savaient si tu as été violée ?

On se regarde. Manon secoue la tête :

— J'ai écouté beaucoup de conversations mais je n'ai pas entendu quoi que ce soit qui pourrait y faire allusion.

Lise fait un très léger mouvement de tête. Non.

Clothilde brosse une saleté inexistante de son pantalon, avant de se lever.

— C'est là qu'on va commencer, dit-elle. Même s'ils pensent toujours qu'elle a provoqué sa propre overdose ; s'il y a des preuves qu'elle n'était pas seule, ils devront considérer une autre hypothèse.

— Non-assistance à une personne en danger, affirmé-je.

Manon et Lise échangent un regard.

— Comment on est censé faire ça ?

CINQ

Trois jours plus tard, la mère de Lise vient lui rendre visite.

C'est une femme noire majestueuse, vêtue d'un pantalon et de baskets noirs et d'un ample chemisier multicolore. Elle apporte un pot de violettes qu'elle serre dans ses mains, tandis qu'elle marche lentement vers la tombe de sa fille.

Nous attendons à l'entrée depuis un moment. Clothilde a expliqué à ses nouvelles amies tout ce qu'on peut et ne peut pas faire en tant que fantômes et leur a fait faire quelques exercices.

— Lise, il est temps de travailler ta magie, dit Clothilde en poussant Lise à suivre sa mère à la trace.

Lise trébuche à plusieurs reprises, mais elle suit. Je n'ai jamais vu une telle expression sur son visage. Je ne sais pas si elle est triste, ou en colère, ou effrayée, ou peut-être un peu des trois.

— Ce n'est pas juste, chuchote-t-elle alors que nous rattrapons sa mère et marchons à ses côtés. Tu n'es pas censée savoir à quoi ressemble ta mère quand elle t'a perdue. Elle a l'air si triste !

Elle lève la main pour caresser la joue de sa mère.

Une larme jaillit de l'œil de sa mère et coule sur sa joue et dans son chemisier.

— Bien sûr qu'elle est triste, dit Clothilde. Elle a perdu son enfant. Découvrir que tu ne t'es pas suicidée et attraper le coupable va l'aider, tu sais.

Les dents mordant dans sa lèvre inférieure, Lise suit sa mère lorsqu'elle s'agenouille par terre.

— Je t'ai apporté des fleurs, dit la mère.

Elle ne semble pas savoir quoi faire du pot de fleurs. Il n'y a pas encore de pierre tombale, seulement un monticule de terre fraîche et une croix de bois avec le nom de Lise inscrit au croisillon.

— J'ai pensé que tu préférerais des fleurs naturelles.

— C'est parfait, maman. Elles sont magnifiques.

La mère inspire brusquement.

Après un coup d'œil de Clothilde, Lise commence à parler à sa mère, lui disant qu'elle est désolée de ne plus être là. Elle lui parle alors de la réunion dans la chambre d'hôtel et du lien apparent de sa mort avec le Conseil Régional.

Je crois que le message passe, car les larmes tombent librement sur ses joues et les sanglots redoublent.

— Maman ?

Je pense d'abord qu'il y a un écho dans le cimetière, faisant venir les paroles de Lise à la fois devant et derrière moi.

— C'est ta mère ? demande Clothilde.

Elle ne s'adresse pas à Lise, mais à Manon.

Je détourne mon regard et je découvre une petite femme blonde avançant dans le cimetière vers le dernier lieu de repos de Manon.

Je secoue ma main devant le visage de Manon, interrompant sa léthargie actuelle :

— C'est ta mère ?

Elle hoche la tête.

— Va lui parler ! Fais ce que Lise fait.

Et, me tournant vers Clothilde :

— Va avec elle.

Elle prend la main de Manon et l'invite à la suivre.

Lise est toujours assise, ses bras entourant sa mère qui pleure mais les yeux tournés vers moi :

— Et maintenant, qu'est-ce que je fais ?

Mon cerveau tourne à toute vitesse, calcule les possibilités.

— Continuez ! Ne lui donnez pas encore une raison de partir.

J'étudie la femme agenouillée sur la tombe de sa fille, le pot de fleurs toujours agrippé entre ses mains. Elle pourrait faire avancer le sujet toute seule. Une mère déterminée qui fait pression pour que justice soit faite à sa fille peut aller loin.

Mais deux mères seraient tellement plus puissantes.

Mon regard s'accroche de nouveau à la plante. Elle ne peut la poser simplement sur le monticule de terre car elle pourrait tomber. Elle pourrait aussi être endommagée quand les ouvriers viendront poser la pierre tombale.

— Dites-lui qu'elle peut poser la plante près du hangar qui abrite les outils du gardien jusqu'à ce que la pierre tombale soit posée, dis-je à Lise en urgence.

— Pourquoi ? me demande Lise en fronçant les sourcils.

Je regarde à l'arrière, à l'endroit où la mère de Manon dépose une couronne sur la pierre tombale de sa fille, car Manon est morte depuis quelques mois déjà.

— Parce que le hangar est juste à côté de la tombe de Manon.

Les yeux foncés de Lise s'illuminent lorsqu'elle comprend où je veux en venir.

Elle se tourne vers sa mère, se lève pour essayer de tirer la grande femme vers le haut, même si elle n'a aucune influence dans le domaine physique.

— Allez, maman. Allons mettre les fleurs près du hangar de jardinage. Il y restera jusqu'à ce que ma pierre tombale soit installée. Allez, maman… S'il te plaît ?

Ça prend du temps, mais la mère de Lise commence à regarder autour du cimetière.

— Je ne peux pas laisser les fleurs ici. Peut-être que je pourrais les laisser autre part jusqu'à ce que la tombe soit finie ?

Elle se redresse, grimace en étirant ses jambes.

— Je suis trop vieille pour tout ça, se plaint-elle, alors qu'une larme coule sur sa joue encore toute mouillée. Mais ce n'est pas juste. Je suis trop jeune pour enterrer ma fille. Ça ne devrait jamais arriver.

— Je sais, maman, dit Lise d'une voix brisée. Mais allons jusqu'à ce hangar.

Puisque Lise a le contrôle de la situation, je les laisse et vole vers Manon.

☙

Manon et sa mère sont dans le même état que le couple qui se dirige vers le hangar.

— Elle arrive à se faire comprendre ? demandé-je à Clothilde.

Elle hoche la tête.

— Qu'est-ce qui se passe ?

— Il faut qu'elles se parlent, dis-je en m'assurant d'avoir aussi l'attention de Manon. Elles doivent comparer les situations. Si elles se rendent compte qu'il pourrait y avoir un lien entre les deux morts et commencer à suspecter des crimes, la police devra enquêter davantage.

Clothilde n'a pas besoin d'être sollicitée deux fois. Il faut beaucoup de cajoleries de la part de tout le monde, mais on arrive à faire en sorte que les deux femmes se rencontrent au hangar.

La maman de Manon jette un coup d'œil à la terre fraîche de la tombe de Lise au loin.

— Vous avez perdu quelqu'un récemment ?

La mère de Lise hoche la tête.

— Ma fille. Elle n'avait que vingt-deux ans.

Sa voix se renforce et prend un ton coléreux.

— La police dit qu'elle a fait une overdose, mais je ne les crois pas.

Elle semble surprise d'entendre ces mots sortir de sa propre bouche.

— Ah oui ? dit la mère de Manon. C'est étrange. La même chose est arrivée à ma fille il y a deux mois.

Les deux femmes continuent à parler.

Nous, les fantômes, on s'assoit, notre travail apparemment terminé.

SIX

ÇA PREND PRÈS de quatre semaines, mais nos efforts portent enfin leurs fruits.

Deux voitures de police entrent dans l'aire de stationnement du cimetière, suivies de deux corbillards et du camion des fossoyeurs. Ceux-ci entrent en premier, suivis de près par deux policiers — un jeune homme d'une vingtaine d'années et une femme dans la quarantaine aux cheveux courts grisonnants — et se rendent directement sur la tombe de Lise.

Les fantômes suivent, bien sûr, mais on essaie de ne toucher aucun d'entre eux de peur de les effrayer.

Quand les pelles frappent le cercueil, Lise frémit :

— C'est flippant, murmure-t-elle.

Ils sortent le cercueil et le posent sur un chariot, puis le sortent du cimetière.

Dès que le cercueil passe devant le portail, les yeux de Lise s'élargissent.

— Ouh là !

Dans une traînée de gris et de blanc, elle vole vers son cercueil et disparaît.

— Elle est passée dans l'au-delà ? demande Manon d'une voix tremblante.

Je secoue négativement la tête, mais je ne retrouve pas ma voix.

Alors que les fossoyeurs se dirigent vers la tombe de Manon, elle les suit. Clothilde et moi restons en retrait.

— On dirait qu'il y a un moyen de sortir du cimetière, après tout, dit Clothilde.

Je fais signe que oui. Bien évidemment, pour convaincre quelqu'un de retirer votre cercueil du cimetière, il faut qu'il sache où il se trouve.

Pendant qu'ils exhument Manon, j'écoute la conversation des policiers.

— Est-ce vraiment nécessaire ? demande le jeune officier. Les overdoses sont assez fréquentes de nos jours, y compris chez les enfants de riches.

— C'est nécessaire, dit l'officier femme.

Sur son badge, on lit "Evian" et elle a une allure que je n'aurais pas aimé rencontrer de mon vivant, parce qu'elle m'aurait fait travailler dur, mais que j'apprécie d'autant plus maintenant, surtout dans le cas présent.

Le jeune homme met les mains dans ses poches.

— Aucun parent ne croit jamais que son enfant est capable de faire des choses comme ça. Pourquoi écouter ces deux mamans ?

— Parce que, sans se connaître avant, elles racontent des histoires très similaires, répond Evian. Parce que ce sont les deux seuls décès de ce genre dans ce petit village, mais si vous regardez tous les villages dans un rayon de cent kilomètres, vous trouverez bien des cas similaires. Toutes des jeunes et jolies femmes. Toutes mortes d'une overdose du même type de drogue.

Elle jette un coup d'œil pour s'assurer que personne ne peut entendre.

— Toutes les victimes d'un travail policier bâclé.

Le jeune homme se fige et rencontre le regard de sa collègue.

— C'est pour ça qu'ils t'ont fait venir de Paris ?

Elle penche la tête sur le côté comme si elle juge la pertinence des mots.

— C'est en effet pour ça que j'ai été *envoyée* ici. Les policiers locaux n'étaient pas très contents de me voir passer la porte.

L'homme déglutit.

— Alors, pourquoi… tu me fais confiance avec cette information ?

Elle hausse les épaules.

— Il faut bien faire confiance à quelqu'un. J'ai étudié ton dossier. Tu n'as été impliqué dans aucun des cas que j'ai étiquetés comme suspects. Tu sembles avoir très peu d'amis au poste — et ça ne va pas s'améliorer maintenant, soit-dit en passant, désolée à ce sujet — et tu es sorti si récemment de l'école que je ne suis même pas sûre que ton uniforme ait été nettoyé ne serait-ce qu'une fois.

Il prend un air surpris.

— Mais si !

Evian lui adresse un clin d'œil et il se rend compte qu'elle voulait juste le taquiner.

Je rencontre le regard de Clothilde qui se tient juste en face de l'officier Evian.

— Ça a l'air prometteur.

— Oui, convient-elle.

Puis elle s'éloigne pour parler à Manon, sans doute pour lui dire au revoir avant que la jeune femme ne soit obligée de suivre son cercueil.

Je me penche et parle directement à l'oreille de l'officier.

— Faudrait aussi examiner des cas similaires remontant à plusieurs années.

ଓଃ

Nous attendons trois longues semaines. On erre dans le cimetière comme si tout était normal, comme si Lise et Manon n'avaient pas déménagé mais étaient passées dans l'au-delà, comme le font habituellement les fantômes.

On n'en parle pas, ni de ce que ça pourrait signifier pour Clothilde.

On doit d'abord s'assurer que nos nouvelles amies vont bien.

Ils reviennent un mercredi après-midi ; deux corbillards, deux voitures de police et une équipe de fossoyeurs.

Dès que les cercueils passent le portail, les jeunes femmes reviennent vers nous.

Lise s'exclame :

— Ils l'ont attrapé !

— Il avait utilisé un préservatif, mais il a dû laisser derrière lui un poil pubien ou un truc du genre, ajoute Manon. Ils ont pu prouver qu'on avait été violées parce qu'ils ont trouvé de l'ADN. Ils sont confiants qu'il sera condamné à la prison à perpétuité.

Le visage de Clothilde reste étrangement fermé.

— Il ? Pas eux ?

La bouche de Lise s'ouvre et se ferme à plusieurs reprises avant qu'elle retrouve sa voix :

— Le policier qui est entré après que nous avons été droguées. Celui qui …

— Pas l'avocat ? demande Clothilde.

Les jeunes femmes secouent la tête.

— Il n'y a jamais eu de preuve qu'il était là, explique Manon. Et le gars arrêté n'a pas donné de noms.

Je lui demande :

— C'était un officier de police, dites-vous ?

Hochement de tête vigoureux.

— C'est effrayant, hein ? dit Lise.

Tellement effrayant que cela fait courir un frisson dans mon dos.

— Si ça peut te consoler, dit Lise à Clothilde, je crois que le Capitaine Evian pense qu'il n'était pas seul derrière tous ces meurtres.

— Il sera jugé pour tous les décès dont l'officier a parlé ? Pas seulement pour vous deux ?

Je ne peux m'empêcher de ressentir un peu d'espoir à l'idée que tant de jeunes femmes trouvent justice.

— Ils ont exhumé près de quarante corps à la recherche de nouvelles preuves, dit Lise, les yeux brillants d'excitation. Mais ils n'ont trouvé de l'ADN que sur quatre autres corps. Il est jugé pour six meurtres. Sans jamais dire un mot.

— Au moins, il sera derrière les barreaux et ne pourra pas tuer ou violer plus de femmes, dis-je avant que Clothilde puisse briser la bonne humeur des deux autres femmes.

— Exactement ! s'exclame Lise et tape dans la main de Manon.

Alors que les fossoyeurs terminent leur travail et que les cercueils retournent à leur place six pieds sous terre, je me demande si ça suffira pour qu'elles passent dans l'au-delà.

Je n'ose même pas regarder Clothilde.

Les deux femmes s'assoient ensemble sur les marches d'un mausolée à côté de la tombe de Manon. Leurs yeux brillants se lèvent vers les miens.

— Et maintenant ? demande Manon, un léger sourire gracieux aux lèvres.

Leurs pieds sont déjà translucides.

— Maintenant, je crois que vous avez traité vos affaires en suspens et que vous pouvez aller de l'avant, dis-je.

Elles se regardent avec étonnement.

D'une voix faible, Manon s'adresse à Clothilde :

— Pourquoi tu ne pars pas avec nous ? Ils l'ont attrapé.

— Je vous suivrai sous peu, dit Clothilde. On se reverra de l'autre côté.

Et puis on se retrouve juste nous deux. Comme d'habitude.

Je rencontre enfin le regard de Clothilde. Il est aussi noir que je m'y attendais. Mais le reste de son visage est un masque neutre, me faisant penser à des poupées effrayantes dans les films d'horreur.

— Laurent Lambert doit payer aussi, dit-elle. Et tous ceux avec qui il travaille.

— Je sais, lui dis-je. On y arrivera. Un méchant à la fois.

JUSQU'À CE QUE LA MORT

Une nouvelle détective fantôme

Volume 5

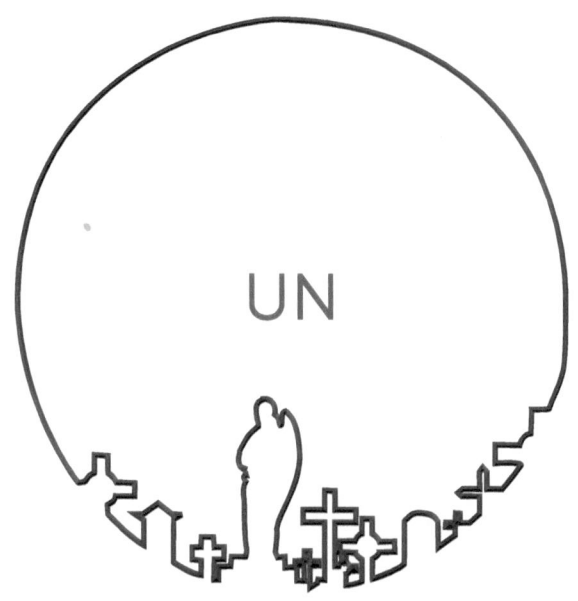

UN

Nous n'avons pas souvent de doubles funérailles dans notre cimetière.

Une fois, un couple est mort dans un accident de voiture. Mari et femme ont été enterrés ensemble. Une autre fois, des sœurs jumelles âgées sont mortes à quelques heures d'intervalle. Dans les deux cas, les familles ont fait un seul enterrement.

Dans aucun de ces deux cas, l'un ou l'autre des morts ne s'est attardé comme fantôme.

Cet après-midi, lorsque les portes de l'église s'ouvrent et que deux cercueils apparaissent, les cris sont si forts que les fantômes du cimetière de la ville voisine doivent les entendre.

Nouvelles arrivées.

— Bon sang, c'est bruyant ! dit Clothilde de son perchoir sur sa pierre tombale.

Son fantôme ne respecte jamais les règles du monde des vivants. Ses chaussures usées glissent à travers la pierre chaque fois qu'elle balance ses jambes et ses longs cheveux ondulent par-dessus ses épaules dans une brise inexistante.

J'enfonce mes mains plus profondément dans les poches de ma veste, remontant mes épaules vers mes oreilles, comme si ça pourrait protéger mes oreilles.

— Eh ben, dis-je avec une légère hésitation. En même temps, ils sont deux.

Clothilde ricane.

J'espère qu'ils ne prendront pas trop de temps à accepter leur mort. Les cercueils ne les laisseront pas sortir tant qu'ils n'auront pas fait la paix avec leur sort, et tant qu'ils ne la feront pas, Clothilde et moi sommes condamnés à subir leurs cris.

Je penche la tête pour écouter de plus près :

— Est-ce qu'ils te semblent... furieux ?

Clothilde roule des yeux à la manière des adolescentes, mais elle se concentre sur le bruit.

— Oui.

— Ce n'est pas tout-à-fait le bon *type* de cris, tu ne trouves pas ?

Je dévisage les cercueils comme si ça pouvait m'aider à comprendre.

Clothilde descend de son perchoir en un saut élégant et s'avance vers la tombe fraîchement creusée, son chemisier blanc flottant dans la brise imaginaire. Je me dépêche de la suivre.

— Ce ne sont pas des cris de panique, dit-elle, clairement intriguée maintenant. Ce sont des cris de colère.

Elle a raison.

Là où la plupart des gens —moi y compris— combattent la panique pendant des jours entiers en appelant à l'aide et en frappant le cercueil de toutes leurs forces, il semble que dans le cas présent, nous pouvons nous attendre à deux Hulks enragés.

Ils martèlent leurs cercueils, mais ce ne sont pas les bruits sourds et incessants de panique. Ce sont des éclats calculés de rage pure, peut-être contre le cercueil qui les garde prisonniers.

Peut-être contre autre chose.

Nous arrivons à la double tombe en même temps que le groupe de personnes en deuil. A moins de cinq mètres des cercueils, je peux distinguer des jurons, des manières inventives de tuer quelqu'un et une fureur pure et dure.

Je me demande à haute voix :

— Qu'est-ce qui leur est arrivé ?

— Je ne sais pas, répond Clothilde avec un sourire. Mais j'ai hâte de le découvrir. Je vais écouter les conversations des amis.

Et elle s'en va.

Au début, je suis abasourdi par son enthousiasme. Habituellement, elle me laisse faire le travail d'enquête sur les circonstances entourant la mort du nouvel arrivant, puis, quand elle en a envie, elle se joint à moi pour m'aider à élucider le mystère.

Le prêtre s'éclaircit la voix et je reviens au présent.

J'ai un boulot à faire.

Le cortège funèbre n'est pas particulièrement grand pour un double enterrement et je ne peux distinguer qu'un groupe

« familial », donc, au début, je pense qu'il s'agit de deux membres d'une même famille. Frère et sœur ?

La partie « amis » du groupe semble avoir entre vingt et trente ans en moyenne. C'est donc probablement l'âge de nos victimes.

Alors que je me rapproche des membres de la famille pour écouter ce qu'ils pourraient dire pendant la cérémonie, je me rends compte qu'il y a, en fait, deux familles.

J'identifie sans problème deux paires de parents —à la fin de la cinquantaine ou au début de la soixantaine— mais ils se tiennent ensemble. Ils se connaissent assez bien pour s'appuyer l'un sur l'autre.

Nos Hulks sont donc probablement un couple.

— Je ne comprends pas, dit l'une des mères —une femme au port altier, aux cheveux longs et aux lunettes à monture métallique— à l'autre plus courte et aux cheveux plus foncés. La police locale n'arrête pas de dire qu'il n'y a pas de courants dangereux dans ce secteur. Bruno et Audrey savaient tous les deux nager. Comment ont-ils pu se noyer ?

— Je ne comprends pas non plus, répond l'autre mère. On a passé des semaines entières au bord de l'océan pendant que Bruno grandissait. Il n'a jamais été en danger, quel que soit l'endroit où nous allions.

La première mère tamponne son nez avec un mouchoir.

— J'ai vraiment envie de faire une scène, demain, au poste de police du centre-ville. J'insisterai pour qu'ils envoient quelqu'un à Ténérife pour enquêter correctement.

En d'autres termes, il semble que nous ayons un double meurtre sur les mains.

Cela pourrait expliquer la colère.

Un cri sinistre s'échappe du cercueil de droite.

Je recule involontairement. Nous avons eu notre part de victimes de meurtres dans ce cimetière, mais aucun d'entre eux n'a manifesté une telle colère d'être mort.

Je jette un coup d'œil à Clothilde qui se tient entre deux femmes dans le groupe d'amis, écoutant avec une lueur dans les yeux.

Clothilde, comme tant d'adolescents, a la mèche très courte et, bien que je ne sache pas grand-chose des circonstances de sa mort, je sais qu'elle en est très, très en colère.

— Clothilde ! crié-je, n'ayant pas à m'inquiéter de heurter le prêtre en hurlant pendant ses prières. Etais-tu aussi en colère quand tu t'es réveillée ?

Elle me regarde, un demi-sourire tapi sur les lèvres et secoue négativement la tête.

Je reste avec les parents jusqu'à ce que les cercueils soient au fond de la fosse et que les gens commencent à se diriger vers les voitures, mais je n'entends plus rien d'utile.

— Tu as appris quelque chose ? demandé-je à Clothilde, alors que nous sommes de nouveau seuls au cimetière et que nous retournons vers nos propres tombes.

Clothilde hausse les épaules.

— Ils étaient en lune de miel à Ténérife. Ils se sont noyés ensemble dans une crique isolée, mais calme, et pas du tout dangereuse, le quatrième jour. La police locale dit qu'il n'y a pas eu de mauvais coup, mais ici, personne n'y croit.

Je m'assois sur le petit monticule qui marque ma tombe.

Mon regard va vers la terre fraîchement remuée et les cris qui s'en échappent.

— Peut-être qu'ils ont été tués, dis-je sans conviction, et ils savent qui l'a fait. Ça expliquerait pourquoi ils sont tellement en colère.

Clothilde saute sur sa pierre tombale et s'assoit, les pieds pendants et croisés aux chevilles.

— Ils nous le diront quand ils sortiront.

DEUX

Après deux jours, les cris et les insultes sont devenus sporadiques.

La bonne nouvelle est que Clothilde et moi obtenons un répit bien mérité, et ça signifie probablement que leur acceptation de leur nouveau statut de fantômes et leur libération ultérieure du cercueil sont imminentes.

Une moins bonne nouvelle, ou… une nouvelle bizarre ? Ils semblent crier de l'un à l'autre maintenant, à travers le petit espace qui les sépare sous terre.

Je ne savais même pas que c'était possible.

Maintenant qu'ils sont enterrés sous six pieds de terre fraîche, je ne peux pas vraiment distinguer les mots, juste la sensation générale.

Et il n'y a aucun doute : ils communiquent là-dessous, avec rien d'autre que de la fureur et de la haine.

Ces gens partageaient leur lune de miel ?

☙

ENCORE DEUX JOURS et, un matin, nous entendons un triomphant "Enfin!" tandis qu'une tête blond foncé émerge de la nouvelle tombe.

Il est suivi de près par une tête de femme aux longs cheveux noirs et au nez en bec d'aigle.

— Aaargh! crie-t-elle au fantôme de son mari.

Je ne sais pas ce qui se passe si deux fantômes commencent à se battre, et je n'ai pas particulièrement envie de le découvrir. Alors je me précipite vers le jeune couple sortant de sa tombe.

— Bienvenue dans notre cimetière, leur dis-je d'une voix horriblement fausse et joyeuse qui me fait grincer des dents d'embarras. Je vois que vous avez été libérés.

Oui, horrible salutation.

Mais elle fait l'affaire.

Mari et femme se taisent et arrêtent d'avancer l'un vers l'autre pour me regarder.

— Permettez-moi de me présenter, dis-je en gardant mon faux sourire. Je m'appelle Robert et je hante ce cimetière depuis déjà trente ans. Je crois que vous êtes Bruno et Audrey ?

Ils me fixent comme si je venais de me faire pousser une deuxième tête, mais Bruno répond finalement :

— Oui, c'est nous.

La femme —Audrey— renifle.

Bruno, les poings serrés à ses côtés, se retourne pour faire face à sa femme.

— Quoi ?

— Faut toujours que tu parles pour nous deux !

Me montrant du doigt, Bruno grogne :

— Il a demandé s'il avait raison pour nos noms. Je n'ai pas donné la bonne réponse ? On n'est pas Bruno et Audrey ? Ou tu vas faire ta féministe et forcer ce pauvre mec à nous appeler Audrey et Bruno ? Ça sera suffisant ?

Mon Dieu, donne-moi du courage.

Je ne sais pas comment gérer cette situation.

Je n'étais pas très versé dans les relations de couple de mon vivant et je n'ai certainement pas eu envie d'y changer quoi que ce soit depuis que je suis devenu un fantôme.

Je parcours le cimetière du regard à la recherche de Clothilde, mais la jeune femme n'est nulle part en vue.

Bien sûr, étant décédée à seulement vingt ans, elle ne devrait de toute façon pas être d'une grande aide dans cette situation.

— Je vous assure, dis-je d'un air apaisant, je ne voulais rien dire par l'ordre dans lequel j'ai prononcé vos noms.

Je montre les croix de bois enfoncées dans la terre à la tête de leur tombe, avec les noms inscrits.

— Je les lis simplement dans l'ordre dans lequel je les vois.

Bruno a l'air d'apprécier, ses lèvres se soulevant en un léger ricanement.

Audrey m'ignore, comme si je n'étais pas là. Toute sa fureur est focalisée sur son mari.

— Et nous y revoilà! Je t'ai dit *une fois* que j'étais féministe et tu me le renvoies à la figure à chaque fois que tu le peux. Je te demande de faire la vaisselle ? C'est parce que je suis *féministe*. Je te fais plier tes propres vêtements quand ils sortent du sèche-linge ? C'est parce que je suis *féministe*. Tout ce qui pourrait t'amener à faire quelque chose à la maison, tu en fais de la politique. Eh bien, ce n'est pas le cas !

Elle crie tellement fort qu'elle me fait peur, et je fais un pas en arrière.

Audrey n'a pas fini :

— Je ne te demande qu'un minimum de *décence*. De me traiter comme un égal, un être humain. Et pas comme ta femme de chambre et ton esclave sexuelle !

J'envisage sérieusement de les laisser finir leurs affaires en tête-à-tête.

C'est bien au-delà de mon domaine d'expertise et les choses deviennent trop personnelles.

Bruno rit. Le mec a des couilles pour avoir le cran de *rire* d'une femme se comportant comme Audrey en ce moment.

— Esclave sexuelle ? dit-il, sa voix ruisselant de venin. Tu ne penses pas que tu vas juste un peu trop loin ?

Il se tourne vers moi, détournant les yeux de la femme au regard meurtrier à moins d'un mètre, et me fixe d'un air de dire, *Incroyable, non ?*

Désolé, mon pote. Je ne prendrai pas parti.

— Comme vous l'avez peut-être remarqué, dis-je d'une voix que je voudrais plus soutenue, vous êtes devenus des fantômes.

Ils me regardent tous les deux comme si j'étais un idiot, mais au moins, ils se taisent.

— Maintenant, comme vous l'avez peut-être *aussi* remarqué, il n'y a pas tellement de fantômes ici, malgré les nombreuses tombes.

Habituellement, les nouveaux arrivants posent toujours les mêmes questions. Ce couple ne semble se soucier de rien d'autre que l'un de l'autre ; alors, je vais répondre aux questions, même s'ils ne les posent pas.

— La raison en est que seules les personnes ayant des affaires en suspens s'attardent. Pour qu'ils puissent régler les problèmes avant de passer dans l'au-delà.

Toujours pas de réaction autre que le dédain, alors je continue.

— Savez-vous ce que pourraient être vos affaires en suspens ?

— Lui, dit Audrey en désignant son mari.

— Elle, dit Bruno en même temps, avec le même geste.

— Et quelles sont, exactement, ces affaires que vous n'avez pas terminées ?

Encore une fois, ils répondent en même temps.

— Je veux le tuer.

— Je veux la tuer.

Avant même que j'aie pu la contrôler, de ma bouche s'échappe une évidence :

— Eh bien, on dirait que c'est déjà fait, non ?

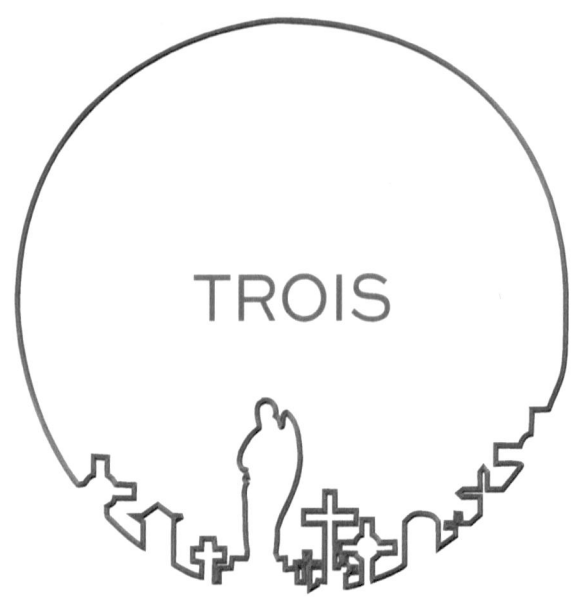

TROIS

— Tu penses qu'ils l'ont vraiment fait eux-mêmes ? demande Clothilde de son perchoir sur sa pierre tombale.

Nous sommes à notre place habituelle, regardant Bruno et Audrey récemment mariés essayer de s'entretuer.

Ils y sont déjà depuis presque une semaine.

Les fantômes ne peuvent pas blesser les autres fantômes. Mais Audrey et Bruno ont apparemment besoin de plus de temps pour accepter ce fait que pour reconnaître qu'ils sont morts et devenus des fantômes.

— Je ne sais pas, je réponds. S'ils l'ont fait, ils ne devraient pas avoir de problèmes, puisqu'ils savent qui les a tués et que leur meurtrier est mort.

Bruno se lance vers Audrey dans ce qui aurait été un plaquage de rugby génial —si l'un des participants avait eu un corps tangible.

Il vole à travers elle et ils crient tous deux de frustration.

— Peut-être que quelqu'un d'autre les a tués tous les deux alors qu'ils nageaient à Ténérife, dis-je. Et leur tâche inachevée serait de savoir de qui il s'agissait. Les parents semblaient convaincus qu'il y avait eu un acte criminel.

Clothilde penche la tête d'un côté à l'autre comme si elle pesait les différents aspects d'une dispute.

— Hmm ! Ils étaient également convaincus que Bruno et Audrey étaient "le couple le plus heureux du monde". Elle fronce un sourcil :

— Je ne suis pas d'accord avec leur conclusion.

J'éclate de rire.

— Ils devront bien se calmer à un moment donné, dis-je. A ce moment-là, on apprendra la vérité.

ଓ

C'EST UNE BONNE chose que nous soyons morts et que nous n'ayons rien de mieux à faire.

Ça leur prend *un mois.*

Ils se disputent et s'invectivent pendant que les membres de leurs familles vont et viennent, tandis que les marbriers viennent installer leur pierre tombale, alors que l'herbe commence lentement à pousser sur la tombe.

Et puis, un jour, ils s'arrêtent.

Ils s'assoient, chacun sur une moitié de tombe, les pieds devant eux, la tête pendante et la colère partie.

Épuisement.

Pas d'épuisement physique car ce n'est pas possible pour les fantômes, mais on est tout à fait capable d'épuisement mental.

Je me lève et brosse la saleté inexistante de mon pantalon. Je demande à Clothilde :

— Tu voudras venir cette fois ?

— D'accord.

Elle saute de son perchoir et sautille devant moi le long du chemin, comme une gamine de dix ans.

— Tu aurais pu m'aider aussi la dernière fois. Dieu sait si j'en avais besoin.

Un haussement d'épaules.

— Ils n'étaient pas prêts.

Bruno et Audrey nous regardent à travers leurs cils quand nous nous approchons, provocants mais résignés.

— Je ne pense pas que nous soyons partis du bon pied l'autre jour, dis-je en m'asseyant face au couple. Je suis Robert et voici Clothilde.

— Bonjour.

Avec un immense sourire, Clothilde se laisse tomber à côté de moi.

— Nous sommes les seuls fantômes résidents en ce moment, dis-je. En plus de vous, bien sûr. Et nous serions ravis de vous aider à déterminer ce dont vous avez besoin pour passer dans l'au-delà.

Les jeunes mariés ne me donnent pas de réponse, mais ils écoutent.

— Comme je vous l'ai déjà dit, si vous êtes ici, cela signifie que vous avez des affaires en suspens. Il peut s'agir de dire au revoir à un être cher, de s'assurer que les personnes que vous laissez derrière vous vont bien, de trouver votre meurtrier. Ce ne sont que les cas les plus courants. Avez-vous l'impression que l'un d'entre eux vous concerne ?

Le regard d'Audrey est neutre et son visage impassible. Elle semble complètement épuisée et très peu impressionnée.

— Non, répond finalement Bruno d'une voix basse, mais ennuyée. Rien de tout ça ne convient.

Il prend une profonde inspiration et commence à marquer des points sur ses doigts.

— Si nous avions besoin de dire au revoir à qui que ce soit, nous l'aurions fait quand ils sont venus nous rendre visite.

Alors, ils l'avaient remarqué, au moins.

Deuxième doigt.

— Nous étions mariés depuis moins d'une semaine, nous n'avons pas d'enfants et nos parents n'ont certainement pas besoin de notre héritage. Il n'y a rien à finaliser.

Troisième doigt.

— Je confirme qu'on a été assassinés, mais on sait déjà qui l'a fait.

Je me redresse. Il y a donc bien eu un acte criminel ! Peut-être que notre tâche est de nous assurer que le tueur sera condamné.

Bruno replie les deux premiers doigts et tourne la main dans un geste peu poli vers sa femme.

Audrey ne prend même pas la peine de bouger un muscle.

— Tu m'as tuée en premier, dit-elle.

Ce n'est pas une accusation, ni une taquinerie. Elle énonce un fait.

Clothilde laisse échapper un éclat de rire, me faisant sursauter de surprise.

— Vous vous êtes vraiment tués ? demande-t-elle. C'est incroyable. Comment vous avez fait ?

— Elle est peut-être morte la première, dit Bruno. Mais c'est elle qui a commencé. Elle ne m'a pas laissé le choix.

Assise, les jambes croisées sur l'herbe, Clothilde se penche en avant vers le couple. On la croirait au cinéma.

L'ignorant, j'interpelle Bruno et Audrey de mon regard le plus sévère.

— Vous allez nous dire ce qui s'est passé. Depuis le début. Et sans vous accuser mutuellement de meurtre.

Je lève la main pour arrêter leurs protestations.

— Même si c'est vrai. Maintenant, racontez-nous les faits.

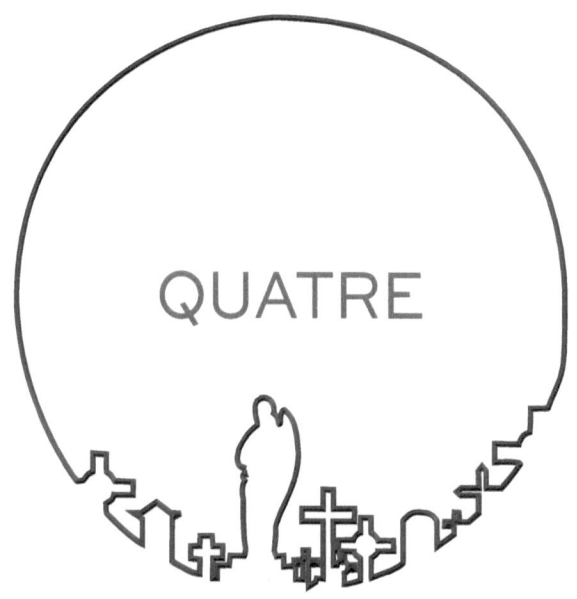

QUATRE

Ils allaient passer deux semaines à Ténérife pour leur lune de miel. Après un an de préparatifs et une énorme réception avec près d'une centaine d'invités, ils méritaient un peu de repos.

Du moins, c'est ce qu'ils avaient dit à tout le monde.

En réalité, dans les coulisses, leur relation n'avait pas survécu à la tension engendrée par l'organisation du mariage.

Une fois qu'ils se sont retrouvés seuls, sans rendez-vous, sans décision à prendre pour le mariage, sans famille et sans amis pour s'immiscer, ils s'étaient jetés à la gorge l'un de l'autre.

Pas littéralement, au début.

Ils se sont disputés dans leur chambre, au point que le couple de la chambre voisine a demandé à être transféré dans une autre partie de l'hôtel.

Ils se sont disputés pendant le petit-déjeuner, ce qui a fait venir le personnel de l'hôtel qui leur a demandé poliment de ne pas déranger les autres clients.

Ils se sont disputés lors de la prise en charge de la voiture de location, se retrouvant avec un surclassement car le réceptionniste ne pouvait pas supporter de les avoir avec lui pendant les trente minutes nécessaires à la préparation de la voiture choisie.

Et ils se sont disputés sur la plage.

Cette fois, ils étaient seuls et n'avaient pas à s'inquiéter, ni de déranger les autres, ni de savoir ce qu'ils pourraient en penser.

Quand Audrey est entrée dans l'eau pour aller nager, Bruno est venu derrière elle et a tiré le fermoir de son soutien-gorge.

Même s'il n'y avait personne autour, Audrey n'était pas le genre de femme à exposer ses seins ; les cris sont montés d'un cran.

Bruno l'a accusée de ne pas avoir le sens de l'humour et, qu'en tant que mari, il devrait être autorisé à voir ses seins nus au moins une fois pendant leur lune de miel. Il s'est jeté à l'eau et s'éloignait de la plage à la nage.

Inutile d'ajouter qu'Audrey n'a pas apprécié l'insulte et est partie à la poursuite de son mari. Juste avant Bruno, elle a atteint un quai flottant branlant qui servait de plongeoir aux touristes. Elle s'est lancée sur son mari et l'a poussé à l'eau.

Un combat long et fatiguant s'en est suivi, où aucun des deux n'a réussi à prendre le dessus car ils avaient tous les deux besoin de respirer de temps en temps.

Audrey n'avait pas pris le temps de remettre son haut de bikini. Elle l'avait juste coincé dans son slip de bain, dans l'intention de le refixer après avoir donné une bonne leçon à son mari.

Pendant l'une de leurs pauses, elle a réalisé qu'elle pouvait mieux l'utiliser. Elle a préparé un nœud coulant et, quand ils se sont retrouvés sous l'eau, elle a laissé Bruno prendre le dessus et a nagé pour entourer de ce nœud le pied de son adversaire.

Alors qu'ils reprenaient souffle tous deux, Bruno hurla :

— Qu'est-ce que tu as fait ?

— Tu es vraiment une ordure, répliqua Audrey. Tu ne supportes même pas d'avoir des algues accrochées à ta cheville ! Franchement, je me demande ce que j'ai vu en toi ?

Bruno a de nouveau attaqué. Audrey s'est laissée couler sous lui.

Elle a attrapé le bout de son soutien-gorge d'une main et la chaîne d'ancrage du quai de l'autre, puis les a attachés l'un à l'autre.

Elle est alors remontée à la surface pour reprendre souffle.

Bruno, lui, ne remontait pas.

Alors qu'elle souriait de sa victoire, une main a attrapé sa cheville et l'a tirée vers le bas.

Réalisant qu'un lien le tenait, Bruno était entré dans une violente colère. Elle ne s'en tirerait pas à si bon compte. Il agrippa sa jambe et plaqua Audrey à ses côtés, tout en essayant de dégager son pied.

Bruno était un gars grand et fort.

Il resserra sa prise autour du torse de sa femme. Même s'il était sous l'eau depuis plus longtemps qu'elle, celle-ci perdit connaissance la première.

CLOTHILDE SIFFLE :

— Ça tourne pas rond dans vos têtes.

— Essayez d'être en colère contre quelqu'un pendant presque un an, rétorque Audrey. Vous verrez que c'est une réaction parfaitement normale.

Un sourire serein que nos nouveaux arrivants ne connaissent pas encore fleurit sur les lèvres de Clothilde.

— Je suis en colère depuis trente ans, chérie. Vous devriez peut-être savoir de quoi vous parlez avant d'ouvrir la bouche.

Heureusement, Audrey se tait plutôt que de relever le gant.

Je demande :

— Comment se fait-il que ça n'ait pas été considéré comme un meurtre ? Il devait être évident que Bruno, au moins, ne s'était pas noyé.

Bruno agite la main, jugeant que ce n'est pas important.

— Le haut du bikini a dû se défaire, je suppose. Ce ne serait pas surprenant une fois que je ne tirais plus si fort.

Je fronce les sourcils :

— Vous ne semblez pas trop bouleversé à ce sujet. Vous ne voulez pas que les gens apprennent la vérité ?

— Qu'on s'est assassinés pendant notre lune de miel ? demande-t-il incrédule. Honnêtement, je préfère qu'ils pensent qu'on est de si mauvais nageurs qu'on s'est noyés.

Un sourire narquois, en partie ludique et en partie maléfique, apparaît sur son visage.

— Ils penseront sûrement qu'Audrey s'est cogné la tête sur

le quai ou quelque chose dans le genre, et m'a entraîné avec elle quand j'ai essayé de la sauver.

Clothilde glousse :

— En fait, j'ai entendu un de vos amis dire ça pendant les funérailles.

Audrey se débarrasse enfin de son apathie. Ses yeux sombres brillent de colère alors qu'elle pointe Clothilde du doigt.

— Qui ? Qui a dit ça ? Je vais le tuer !

Plissant les yeux, Clothilde ne sourit plus.

— Honnêtement, chérie, je pense que vous avez déjà assez tué. Laissez vos amis tranquilles. Non pas que vous seriez capable de tuer un homme vivant, même si on vous laissait essayer, ajoute-t-elle dans un souffle.

Audrey entend, bien sûr.

— Si vous me *laissiez ?* Tu penses être qui, exactement ?

Elle s'assied sur ses genoux, se penchant en avant comme pour sauter sur Clothilde.

— Je ne vais pas me laisser impressionner par une adolescente qui s'habille comme si elle sortait tout droit d'un film des années quatre-vingts.

Je soupire et baisse la tête.

Comment un mois pourrait-il ne pas suffire à cette femme pour dépasser sa colère ? J'aimerais croire qu'elle n'est généralement pas aussi bête.

La voix de Clothilde prend ce calme inquiétant qui me donne envie de m'éloigner d'un pas —ou de dix.

— Je suis une adolescente des années quatre-vingts. Je suis morte peu de temps après mon vingtième anniversaire, en 1988.

Ce qui veut dire que je suis assez vieille pour être votre mère.

Un sourcil se lève et je sais déjà que je n'aimerai pas ce qu'elle va dire ensuite.

— Ce n'est pas de ma faute si j'ai toujours l'air jeune et fraîche, alors que vous accusez vos trente-cinq ans.

Bruno ferme les yeux, résigné, et recule légèrement. Il fait place à Audrey qui passe devant lui pour attaquer Clothilde.

Mais Audrey semble avoir appris au moins une chose pendant son séjour au cimetière : elle ne peut pas faire de mal physiquement à un autre fantôme.

— J'ai vingt-huit ans, dit-elle en serrant les dents.

— Je sais.

Clothilde énonce chaque syllabe.

— Je. Sais. Lire.

Elle montre leur toute nouvelle pierre tombale où les dates de naissance et de décès brillent dans l'or du soleil couchant.

Audrey se dégonfle ; Bruno et moi laissons échapper un souffle de soulagement.

Je n'irais pas jusqu'à dire que cette réunion se passe bien, mais je pense que Clothilde est exactement celle dont nous avions besoin pour désamorcer la querelle des jeunes mariés.

Son sourire victorieux d'avoir fait reculer Audrey n'est, cependant, pas très rassurant.

CINQ

— Si on ne trouve pas vos meurtriers, il doit y avoir quelque chose d'autre qui vous retient.

J'ai décidé d'ignorer les railleries de Clothilde et les réactions de Bruno et Audrey à son égard.

— Je veux le divorce, dit Bruno.

Je souris en pensant qu'il plaisante, mais je me rends vite compte que ce n'est pas le cas. Il est mort trois jours après le début de sa lune de miel et il veut divorcer.

— Le souhait est réciproque, affirme Audrey. Pas de venin ni de haine, cette fois. Un simple fait.

— Excellent ! s'exclame Clothilde. Ils sont d'accord sur

quelque chose. On fait des progrès.

— Peut-être pourrions-nous obtenir une annulation du mariage ? dit Bruno. C'est possible quand on le demande juste après le mariage, non ?

— Je ne sais pas, répond Audrey. Je ne me suis jamais posée la question. J'étais trop occupée à planifier le mariage pour réfléchir à ce qu'il faudrait faire une fois que ce serait fini.

Je partage un regard avec Clothilde et nous secouons tous les deux la tête avec incrédulité.

— Mes bons amis, dit Clothilde, vous réalisez que vous êtes morts, non ? Il n'y a personne ici pour annuler votre mariage ou pour vous prononcer le divorce.

— Pfouh, grogne Bruno. Ici c'est l'enfer, en fait, non ? Marié à cette horreur pour l'éternité !

— Merci, dit Audrey. Peut-être que tu n'aurais pas dû m'épouser…

— Ça suffit!

C'est la première fois que j'entends Clothilde élever la voix.

— Vous êtes incroyables, les deux, là. Vous devez tous les deux apprendre à vous taire, ou je vous jure, je vais trouver un moyen pour vous blesser physiquement.

Ils ont tous deux la bouche fermée et regardent Clothilde comme un enfant de cinq ans qui vient de se faire gronder.

— Comme je le disais…

Clothilde marque une pause, les défiant de l'interrompre à nouveau.

— Les vœux de mariage —dont vous devez vous souvenir, les ayant prononcés il y a si peu de temps— incluent la phrase "jusqu'à ce que la mort nous sépare".

Elle lève les bras en V.

— Vous êtes morts, *par conséquent,* vous n'êtes plus mariés.
Silence.

Lentement, ils se tournent pour se faire face. Pour voir et comprendre ce que signifient les formes grises et fantomatiques de chacun.

La tension s'allège comme si quelqu'un avait ouvert la soupape.

Serait-ce ça ? Seront-ils capables de passer dans l'au-delà ?

L'attention d'Audrey retourne à Clothilde.

— C'est bien beau, mais à quoi ça sert si on est toujours coincés ici ensemble ? Ce cimetière est vraiment petit. Je ne *peux pas* hanter cet endroit avec lui pour toute l'éternité.

Bruno ouvre la bouche pour riposter, mais cette fois, c'est à mon tour de lui couper la parole.

— Taisez-vous. On a compris que vous ne vous aimiez pas. Il n'est pas nécessaire de le répéter toutes les deux minutes.

Je laisse le silence s'installer pendant un moment, juste pour m'assurer que, non, ils ne disparaissent pas.

Ne plus être mariés n'est pas non plus ce dont ils ont besoin.

☙

Nous avons renoncé à parler ensemble à Bruno et Audrey. Peu importe à quel point nous travaillons dur pour les garder en ligne, ils finissent toujours par s'insulter.

Séparément, ce sont des gens plutôt sympas.

Bruno était ingénieur logiciel pour une grande entreprise de la ville. Au début, je ne comprends pas un mot de ce qu'il dit, mais une fois qu'il se rend compte que je n'ai jamais touché à un ordinateur, il me l'explique en des termes que je peux saisir. Assez pour que la conversation continue.

— Vous n'avez pas l'air d'être un très grand fan de vos patrons ? dis-je.

Nous nous promenons dans le périmètre du cimetière. Je soupçonne Bruno d'espérer trouver une échappatoire qui lui permettra de partir. Mais ce n'est pas possible et il doit arriver lui-même à cette conclusion. Ça ne me dérange pas de tourner en rond toute la journée.

Bruno hausse les épaules.

— Je me suis dit qu'il y a de fortes chances que ce ne soit pas mieux dans une autre entreprise. Au moins, en restant, je savais qui me disait la vérité et qui me mentait régulièrement.

— Vous n'avez pas envisagé de changer de carrière ?

Il donne un coup de pied dans le mur de briques et met les mains dans les poches.

— Je ne sais pas ce que je pourrais faire d'autre. J'ai le diplôme d'ingénieur, autant l'utiliser. Ça paie bien.

— Je suppose que c'est un point important. Je ne voudrais pas mourir de faim.

Je n'ai pas eu à me soucier d'argent ou de nourriture depuis trente ans, donc j'ai du mal à me mettre à sa place.

— On n'allait pas vraiment mourir de faim, souffle Bruno. Audrey était anesthésiste et gagnait beaucoup plus que moi.

Je fronce les sourcils en essayant de rassembler les pièces du puzzle.

— Alors, c'est un truc d'égo masculin ? Vous ne vouliez pas être aux crochets de votre femme ?

Il arbore un sourire et frappe de nouveau le mur.

— Honnêtement, ça ne me dérangerait pas d'être un homme à la maison. Mon égo peut le supporter si ça veut dire avoir le temps de faire du sport, de cuisiner, de lire les livres que j'ai empilés dans ma bibliothèque.

Après un souffle qui frise le soupir, il ajoute :

— On voulait acheter une maison. Sortir de l'appartement avant d'avoir des enfants.

— Heu…

J'ai laissé passer quand il parlé d'homme entretenu, mais ça… c'était une projection dans le futur.

— Comment pouviez-vous envisager d'acheter une maison et d'avoir des enfants ensemble si vous obteniez le divorce ? Ou si vous vous entretuiez ?

Bruno me jette un rapide coup d'œil, puis fouille du regard le cimetière pour vérifier si Audrey n'est pas assez proche pour nous entendre.

— On ne s'est pas toujours détestés.

— Vous étiez mariés, dis-je. Je pense que vous vous êtes aimés à un moment donné. Je ne suis pas un expert en relations, mais je le subodore.

Un sourire nostalgique apparaît sur son visage.

— Je l'ai demandée en mariage au sommet de la Tour Eiffel. C'était tellement ringard. Elle a soufflé et a dit qu'elle était gênée, mais je sais qu'elle a adoré.

Je veux demander ce qui n'a pas fonctionné, mais on n'est pas encore assez proches pour ce genre de questions.

Il offre spontanément la réponse.

— On n'a pas très bien géré la pression de l'organisation du mariage.

Un rire m'échappe avant que j'aie pu l'arrêter.

— D'accord, on n'a pas géré du tout, quoi.

Bruno sourit, puis son visage retombe.

— Elle s'est transformée en future mariée odieuse qui devait maîtriser le moindre détail. Et je… j'imagine que j'aurais pu faire plus pour l'aider. Je me sentais tellement impuissant. Qu'est-ce que je connais aux décorations de mariage et aux couleurs qui vont de pair ?

— Je crains de ne pas pouvoir vous aider dans ce domaine, dis-je en passant à travers une pierre tombale.

Passer trop de temps avec Clothilde me fait ignorer trop souvent les règles physiques du monde vivant.

— Je ne me suis jamais fiancé. Et ma mère m'a dit très tôt de ne porter que du bleu marine et du noir, parce que, de cette façon, je ne blesserais jamais les yeux de quiconque.

Bruno rit.

Nous continuons notre balade, Bruno frappant le mur ou essayant de l'escalader à intervalles réguliers. Je note quelles tombes sont envahies par des mauvaises herbes et lesquelles ont des fleurs fraîches. Certaines de ces tombes sont occupées depuis des décennies, et pourtant, leurs proches viennent une fois par mois y déposer des fleurs, arracher les mauvaises herbes et nettoyer la pierre tombale.

La mort ne marque pas toujours la fin d'une histoire d'amour.

— Vous avez pourtant maintenu la fête du mariage, dis-je en affirmant plus qu'en questionnant. Vous auriez pu simplement partir. Ça aurait été un moment douloureux à passer, mais ça aurait mieux valu qu'un divorce immédiat.

Bruno cherche Audrey du regard. Elle est assise devant le mausolée des corps inconnus avec Clothilde.

— Oui, murmure-t-il.

Nous terminons notre promenade en silence.

SIX

Le lendemain, au lieu de flâner à la périphérie du cimetière, Bruno nous emmène chez les femmes.

Je suis un peu méfiant, mais Bruno a été très pensif ces derniers temps, avec beaucoup de longs regards vers sa femme. Quelque chose a changé.

Mais je ne suis pas certain que ce soit une bonne nouvelle.

— Bonjour, dit Bruno alors que nous nous approchons d'Audrey et de Clothilde. Comment s'est passée votre nuit ?

Clothilde semble vouloir se moquer de la question, mais elle se tient en arrière avec un coup d'œil à Audrey.

Auraient-ils fait des progrès ?

— C'était génial, répond sèchement Audrey. Tout comme la veille, puisque nous ne dormons plus. Je ne veux pas te fâcher, lance-t-elle à Clothilde, mais cet endroit devient *vraiment* ennuyeux après un certain temps.

Clothilde renifle.

— Pourquoi devrais-je être fâchée ? Je n'ai pas établi de règles de fonctionnement ici. Je m'ennuie depuis des décennies.

Je pourrais être offensé par sa remarque, mais elle a raison. Ne rien attendre peut devenir vraiment fastidieux, même en bonne compagnie.

Bruno rit et s'assied devant la tombe qui fait face à celle que sa femme occupe actuellement.

— Il faut du temps pour s'y habituer, dit-il, J'ai tellement l'habitude de toujours faire quelque chose. Je me sens coupable, je crois.

— Tu n'avais pourtant pas l'air de te sentir coupable quand tu m'as laissée tout gérer pour le mariage.

Le commentaire n'est pas surprenant, mais le ton a considérablement changé depuis la dernière altercation du couple à propos de leurs différences. Le ton est… presque taquin.

Un coin de la bouche de Bruno se soulève.

— C'est parce que je savais que tu allais tout gérer, chérie.

Il y a une vraie affection dans ce dernier mot, et il en semble aussi surpris que nous.

Audrey ouvre la bouche, la ferme, l'ouvre à nouveau.

— Mais je t'ai demandé de l'aide *tant* de fois.

Bruno soupire, passe une main dans ses cheveux.

— Quoi que j'aie dit, ce n'était jamais la bonne réponse. Au lieu de me tenir prêt à t'aider, je sentais que je devais réussir un quizz, pour lequel je ne savais même pas ce que je devais étudier.

Plongée dans ses pensées, Audrey regarde son mari.

Je jette un regard à Clothilde et nous nous mettons d'accord silencieusement de rester aussi invisibles que possible dans cette conversation.

— Je suis désolée que tu aies ressenti ça, dit Audrey d'une voix douce.

Son visage a perdu le côté dur que nous avions vu les jours de combat et le regard qu'elle porte sur son mari est carrément doux.

Bruno hoche la tête à ces excuses.

— Et je suis désolé de n'avoir pu t'aider davantage. J'imagine que j'ai parfois passé plus de temps que nécessaire au travail pour éviter de rentrer à la maison où m'attendait la frénésie de la planification du mariage.

Ils se regardent en pleine communion silencieuse.

— Je suppose que nous aurions pu mieux parler de ça à l'époque, hein ? dit Audrey.

— Ça aurait probablement été une bonne idée.

Audrey jette un coup d'œil au cimetière.

— Mais ce n'était pas notre destin.

Bruno affiche un sourire qui éclaire complètement son visage. Il passe de l'air inquiet d'un homme dans la trentaine à un heureux jeune marié d'une vingtaine d'années.

— Avec des tempéraments comme les nôtres, dit-il, cette fin *était* probablement notre destin.

Soudain, nous faisant sursauter de surprise, Clothilde et moi, Audrey éclate de rire :

— C'était vraiment épique, n'est-ce pas ?

Je me rends compte que je peux voir la pierre tombale derrière Bruno à travers son corps fantomatique.

Il devient translucide.

Il en va de même pour Audrey.

— Hé, les amis ! dit doucement Clothilde, ne voulant pas les sortir de leur bulle heureuse nouvellement trouvée. Je pense que vous avez finalement réglé vos affaires en suspens.

Ils froncent les sourcils tous les deux, ne comprenant pas. Jusqu'à ce qu'ils réalisent qu'ils disparaissent.

— Viens ici, dit Bruno en tendant la main à sa femme. On doit partir ensemble. Je ne veux plus te perdre.

Ils sortent de leur existence au moment où leurs mains se touchent.

— Eh bien, dit Clothilde dans le silence qui s'ensuit. C'est une issue originale à un double meurtre.

—C'est clair. On n'a même pas eu besoin d'aide extérieure.

Je m'assois à côté de mon amie et lui heurte l'épaule avec la mienne.

Elle joue le jeu et fait semblant d'être bousculée au lieu de me faire passer à travers son corps.

— Je trouve qu'on a bien bossé, dit-elle. On devrait ajouter à ta plaque inexistante : Robert Villemur, détective et conseiller matrimonial.

Elle lève les mains comme pour la visualiser.

Je rigole.

— Je crois que je préfère juste 'détective fantôme'.

UN MOT DE L'AUTEUR

Ce livre est le fruit d'un travail d'équipe. Sans l'effort de traduction de mon conjoint et mon beau-père, il n'aurait jamais vu le jour. Ce qui a débuté comme une activité pour occuper les nuits longues d'hiver est devenu un vrai projet de famille, qui a bien porté ses fruits. Personnellement, je suis bien contente du résultat, en tout cas.

Je dois également un grand merci à Stéphanie, pour son œil de lynx à la relecture finale.

Si ce livre vous a plu, n'hésitez pas à laisser une revue sur la plateforme de votre choix, ou à m'en faire part directement. En théorie (après un certain nombre de nuits d'hiver supplémentaires), il y aura d'autres recueils à l'avenir.

Pour être informé de toute nouvelle publication, n'hésitez pas à vous inscrire à ma newsletter sur rwwallace.com (changez la langue en français dans le menu).

R.W. Wallace

Par le même auteur

Nouvelles de détective fantôme
A chacun son dû
Amies perdues
Affaires de famille
Terrain d'entente
Jusqu'à ce que la mort

Recueils de détective fantôme
Affaires en suspens

Nouvelles autour des fêtes
La magie du partage
Morbier impossible

Par le même auteur (en anglais)

Ghost Detective Novels
Beyond the Grave
Unveiling the Past
Beneath the Surface

Tolosa Mystery Series
The Red Brick Haze
The Red Brick Cellars
The Red Brick Basilica

AU SUJET DE L'AUTEUR

R.W. Wallace écrit des livres de divers genres littéraires, même si elle a tendance à revenir aux polars. Des cadavres surgissent de toutes parts dès qu'elle s'installe devant le clavier.

Les histoires se passent pour la plupart en Norvège ou en France ; son pays de naissance et son pays d'adoption depuis plus de vingt ans. Elle écrit exclusivement en anglais —ne lui demandez pas pourquoi ; elle n'aura pas de réponse sensée— mais quelques titres vont également apparaître traduits en français.

Vous pouvez trouver des informations sur tous ses livres sur www.rwwallace.com.

www.ingramcontent.com/pod-product-compliance
Lightning Source LLC
LaVergne TN
LVHW041706060526
838201LV00043B/594